FORA DO TEMPO

Obras de David Grossman publicadas pela Companhia das Letras

Alguém para correr comigo
Desvario
Duelo
Mel de leão
A mulher foge
Ver: amor

DAVID GROSSMAN

Fora do tempo

Tradução
Paulo Geiger

COMPANHIA DAS LETRAS

Copyright © 2011 by David Grossman

Grafia atualizada segundo o Acordo Ortográfico da Língua Portuguesa
de 1990, que entrou em vigor no Brasil em 2009.

Título original
Nofel mi-jutz la-zman

Capa
warrakloureiro

Imagem de capa
Peter Marlow/ Magnum Photos/ Latinstock

Preparação
Ana Cecília Agua de Melo

Revisão
Ana Maria Barbosa
Mariana Zanini

Dados Internacionais de Catalogação na Publicação (CIP)
(Câmara Brasileira do Livro, SP, Brasil)

Grossman, David
    Fora do tempo / David Grossman ; tradução Paulo Geiger.
— 1ª ed. — São Paulo : Companhia das Letras, 2012.

Título original:Nofel mi-jutz la-zman.
ISBN 978-85-359-2156-4

1. Ficção israelense I. Título.

12-08784   CDD-892.43

Índice para catálogo sistemático:
1. Ficção : Literatura israelense 892.43

[2012]
Todos os direitos desta edição reservados à
EDITORA SCHWARCZ S.A.
Rua Bandeira Paulista, 702, cj. 32
04532-002 — São Paulo — SP
Telefone (11) 3707-3500
Fax (11) 3707-3501
www.companhiadasletras.com.br
www.blogdacompanhia.com.br

Nota do tradutor

O hebraico é uma língua sintética e de palavras curtas, a maioria oxítona, muitas paroxítonas, quase nenhuma proparoxítona. Certas declinações nominais (a de posse, por exemplo, numa fusão dos pronomes possessivos com o substantivo ou adjetivo), assim como declinações de objeto direto ou indireto, e também as vozes verbais (que são sete), têm formas sintéticas que se reduzem a uma só palavra. Flexões de plural e de gênero têm, quase sempre, a mesma construção, com desinências fixas, e são quase sempre oxítonas. Muitíssimas formas nominais (substantivos e adjetivos) seguem determinados padrões de combinação das consoantes do radical com as vogais que lhes são intercaladas (e que raramente aparecem na escrita cotidiana e na literária em prosa). Disso e de outros aspectos resulta que o texto hebraico é composto de frases consideravelmente breves e marcadas por ressonâncias, "batidas", ecos muito frequentes, mas que decorrem "naturalmente" da sintaxe, da gramática e do vocabulário da língua.

A fala de determinados personagens de *Fora do tempo* é uma

prosa dramática, marcada graficamente pela quebra de linhas. Em acréscimo, há a mescla de estilos, gêneros de discurso e registros de uso (coloquialismos, formalismos, biblicismos etc.), o que por vezes confere ao texto uma estranheza muito própria, como que ressaltando uma (aparência de) pouca elaboração ou depuração de linguagem. Esses elementos estão longe de ser irrelevantes nesse texto moderno que tem evocações do ambiente e do drama medievais, escrito num hebraico "duro", sem a profundidade histórica da continuidade literária entre o bíblico e o contemporâneo (não existe um hebraico medieval recuperável).

O espírito da tradução foi de tentar preservar a carga dramática do texto e ao mesmo tempo buscar aproximações ao *modo como soam* as frases hebraicas — considerando-se que o português é uma língua muito menos "seca" e sintética, tendendo a soar mais fluente e nuançada.

Como tradutor, muitas vezes não procurei criar ressonâncias onde o texto hebraico contém ressonâncias "naturais" de uma (digamos assim) prosa escandida; por outro lado, introduzi ressonâncias "forçadas" — não rimas — em trechos que parecem ser nitidamente de prosa, às vezes com o sacrifício de coerências entre, por exemplo, formas de tratamento pessoal, alternando entre segunda e terceira pessoas. O objetivo foi recriar em português uma mescla linguística equivalente à do original hebraico, entre o rude e o sublime, entre o prosaico e o (pseudo)poético, que faz ecoar e ressoar vigorosamente o roteiro dramático.

Paulo Geiger

ANOTADOR DOS ANAIS DA CIDADE: Na hora em que estão sentados à mesa do jantar, o rosto do homem de repente se transforma: num movimento brusco ele empurra o prato a sua frente. Facas e garfos tilintam. Ele se levanta e fica de pé, e parece não saber onde está. A mulher se sobressalta em sua cadeira. O olhar dele paira em volta dela e não se fixa, e ela — já a atingira uma vez a desgraça — sente de imediato, eis aí outra vez, já toca em mim, seus dedos frios em meus lábios. Mas o que aconteceu? Ela sussurra com os olhos, e o homem olha para ela com espanto —
— Eu preciso ir.
— Para onde?
— Para ele.
— Para onde?
— Para ele, para lá.
— Para o lugar onde aconteceu?
— Não, não. Para lá.
— O que é lá?
— Não sei.

— Você está me assustando.
— Para vê-lo só mais um instante.
— Mas o que vai ver agora? O que restou para ver?
— Talvez lá se possa ver? Talvez até falar com ele?
— Falar?!

ANOTADOR DOS ANAIS DA CIDADE: E agora os dois se dão conta. Despertam.

— A sua voz, mulher.
— Ela voltou. A sua também.
— Tive tanta saudade da sua voz.
— Pensei que nós... que jamais, nunca mais —
— Mais do que da *minha* voz, tive saudade da sua.
— Mas o que é *lá*, pode me dizer? Não há um lugar assim, não existe lá!
— Se vão para lá, *lá* existe.
— E não voltam de lá, ninguém voltou ainda.
— Porque só mortos foram para lá.
— E você, como irá?
— Eu irei para lá vivo.
— E não vai voltar.
— Talvez ele espere que vamos até ele.
— Ele não. Já faz cinco anos que ele é só não e não.
— Talvez ele não compreenda como desistimos dele assim, tão depressa, no momento em que nos comunicaram...
— Olhe para mim. Nos meus olhos. O que está fazendo conosco? Sou eu, você vê? Somos nós, nós dois. Esta é nossa casa. A cozinha. Vem, sente aqui. Vou servir a sopa.

HOMEM:
É bela —
tão bela —

é bela
a cozinha
nesta hora dela
quando você serve a sopa
e aqui é quente e ameno, e o vapor
cobre a vidraça fria
da janela —

ANOTADOR DOS ANAIS DA CIDADE: Talvez por causa dos anos de longo silêncio, sua voz é rouca, extingue-se num murmúrio. Ele não tira dela os olhos. Ele a olha tanto que a mão dela começa a tremer.

HOMEM:
E mais belos que tudo seus braços,
redondos, macios,
a vida está aqui,
querida,
por um momento esqueci:
a vida está no lugar
em que você
serve a sopa
sob o círculo de luz.
Bom ter lembrado:
estamos aqui
e ele lá,
e há uma fronteira eterna
entre aqui
e lá.
Por um momento esqueci —
estamos aqui
e ele —

mas não é possível
mais é impossível!

MULHER:
Olhe para mim. Não,
não com esse olhar
vazio,
contido.
Volte para mim, para nós,
volte. Fácil,
tão fácil renegar
a nós, o círculo
de luz, esses
braços macios,
a ideia de que voltamos
à vida,
e de que o tempo
apesar de tudo
põe curativos
finos —

HOMEM:
Não, não é possível mais
assim,
não é possível mais
que nós,
que o sol,
que os relógios, as lojas, os bares,
que a lua,
os casais, os pares,
que árvores nas aleias
verdejantes, que sangue

nas veias,
que primavera e outono,
que gente
inocente
existente
no mundo.
Que filhos
dos outros,
que sua luz
e calor —

MULHER:
Cuidado,
você tem ideias
tão frágeis
como teias —

HOMEM:
À noite eles chegaram
trazendo na boca
a nova.
Longo caminho fizeram,
graves, calados,
e talvez durante
provavam, lambiam
a nova, furtivamente.
Num espanto de crianças
constataram que se pode reter
a morte na boca como
uma bala
de veneno, à qual eles por milagre
são imunes.

Abrimos para eles a porta,
esta aí, aqui estávamos,
você e eu,
ombro a ombro,
e eles
no umbral
e nós
diante deles
e eles
piedosamente
contidos
e silenciosos
ali de pé
sopraram em nós
o vento
dos mortos.

MULHER:
Era um silêncio terrível.
Em volta triturava um fogo
frio. Eu disse:
esta noite viriam,
senti-o. Pensei:
venha, o caos, o vazio.

HOMEM:
De algures, de longe,
ouvi você dizer:
não temam,
quando ele nasceu
não gritei, tampouco agora
gritarei.

MULHER:
Nossa vida de antes
continuou
a brotar em nós
uns minutos mais.
A fala,
os gestos,
expressões faciais —

HOMEM E MULHER:
Agora
num instante, não mais,
afundamos
os dois. Calamos
com palavras iguais.
Não por ele
choramos,
o canto da vida
antes vivida
choramos, o admiravelmente
simples, a
leveza, o
rosto
liso e
sem rugas.

MULHER:
Mas nos prometemos,
juramos,
ser, sofrer
por ele, ter saudades
e viver.

E agora, espere,
o que houve, de repente,
para que você assim
se dilacere?

HOMEM:
Depois daquela noite
veio um estranho e segurou
meu ombro e falou: salve
o que restou.
Lute,
tente curar.
Olhe nos olhos
dela, grude
nos olhos dela,
todo o tempo
nos olhos dela —
sem descurar.

MULHER:
Não volte para lá,
àqueles dias não deve
voltar mais,
não volte seu olhar
para trás —

HOMEM:
Naquele escuro eu vi
a minha frente um olho
choroso
e um olho
enlouquecido.

O olho de um homem
terminal
e o olho
de um animal.
Animal já metade
na boca da fera,
uma presa dessangrando,
desvairando,
de teus olhos me encarava —

MULHER:
A terra
abriu sua boca,
a nós engoliu
e vomitou.
Não volte
para lá, para
o que o seduz,
não saia
um passo sequer
do círculo de luz —

HOMEM:
Não pude, não
ousei olhar
então seu olhar,
aquele olho
enlouquecido,
de você não estar —

MULHER:
Não vi você,

não vi
nada
nem no olho do homem
nem no olho
do animal. A raiz
de minh'alma arrancada
num calafrio.
Frio, fazia muito frio
também agora
faz frio.
Venha dormir,
o agora é tardio.

HOMEM:
Cinco anos
calamos
aquela noite.
Sumiu você primeiro,
depois sumi eu.
Em você foi bom
o silêncio, e em mim
me apertou
a garganta. E uma
após outra morreram
as palavras, e ficamos
como uma casa
em que lentamente se apagam
todas as luzes,
até que se fez
a escuridão da mudez —

MULHER:
E nela

de novo o achei,
e a ele. Envolveu
nosso trio
um manto sombrio,
enrolados nele estávamos
com ele, e mudos estávamos
como ele. Três
fetos que a tragédia
concebeu —

HOMEM:
E juntos
nascemos
no outro lado,
sem
palavras, sem
cores, e aprendemos
a viver
o negativo
da vida

(silêncio)

MULHER:
Olhe,
de palavra em palavra
o algo secreto entre nós
se esgarça, se dissolve
como um sonho
que a luz de um luzeiro
ilumina. Pois havia no calar
um milagre,

e um segredo no silêncio
que nos tragou, junto com ele,
em que ficamos sem voz
como ele, em que falamos
na língua dele.
E o que têm as palavras —
o que tem a sorte
das palavras
a ver com sua morte?

ANOTADOR DOS ANAIS DA CIDADE: No silêncio que cai depois do grito dela o homem recua até suas costas tocarem a parede. Em movimentos lentos, como a dormir, ele estende os dois braços para os lados e caminha ao longo da parede. Contorna a pequena cozinha, em toda a sua volta —

HOMEM:
Conte,
me conte
de nós
naquela noite —

MULHER:
Sinto aqui algum
segredo: você rasga
as ataduras para
poder beber
o seu sangue, ração
no caminho
para lá.

HOMEM:
Aquela noite,

me conte
de nós
na noite
aquela —

MULHER:
Você
me
rodeia como
um predador. Me cerca
como um pesadelo.
Aquela
noite, a noite
aquela.
Você quer ouvir sobre
aquela noite.
Nestas cadeiras sentamos,
você sentou
aí, eu aqui. E você
fumou, eu me lembro
do seu rosto vindo
e indo na fumaça, e lentamente
ficando um pouco
menos, menos
você, menos
gente.

HOMEM:
Calados
aguardamos a manhã.
Manhã
não
veio.

O sangue
não correu
na veia.
Levantei, a envolvi
num cobertor,
você tomou minha mão, olhou
direto nos olhos meus,
o homem
e a mulher
que éramos
com a cabeça acenaram
o adeus.

MULHER:
Um *não*
soprou sombrio
e frio
das paredes
e enfeixou meu corpo
e fechou e trancou
meu útero. Pensei:
estão lacrando
a casa
que uma vez
foi
eu.

HOMEM:
Fale, conte-me
mais, o que
dissemos, quem falou

primeiro? Estava
muito quieto,
não estava? E a respiração,
eu me lembro.
E suas mãos se
contorcendo, uma
na outra, e fora isso
tudo
se apagou.

MULHER:
Um fogo frio
e quieto
consumiu em volta.
O mundo de fora encolheu,
suspirou, se apoucou
e se foi, até restar o pontual,
minimal,
negral,
terminal.
Pensei — é preciso
daqui fugir.
Mas sabia — já não há
para onde ir.

HOMEM:
O momento
em que isso
aconteceu,
em que isso
veio a ser um fato —

MULHER:
Num instante nos lançaram
numa terra inóspita.
Vieram na noite, bateram à nossa porta,
disseram: na hora tal e tal
no lugar tal e tal, vosso filho,
assim e assim.
Depressa, depressa teceram
uma rede compacta, hora
e minuto e lugar exato,
e a rede tinha um rasgo, você
compreende? Na rede
compacta tinha,
parece, um rasgo
e nosso filho
caiu
no abismo —

ANOTADOR DOS ANAIS DA CIDADE: E quando ela diz essas coisas, ele para de andar em volta dela. Ela olha para ele com olhos opacos. Com os braços caídos, perdido, ele fica diante dela, como se nesse momento o tivesse atingido uma flecha disparada há muito tempo.

MULHER:
Voltarei
um dia
a vê-lo como
você é, e não como
ele não é?

HOMEM:
Posso lembrar
de você sem
ele não estar — o teu sorriso, inocente
e otimista — de mim também,
sem ele não estar, eu posso
lembrar. Mas dele,
que estranho:
dele, sem a ausência dele, não posso
mais lembrar. E quanto mais
se alonga o tempo,
mais parece que
quando ele ainda estava
já se exumava dele
seu não estar —

MULHER:
E às vezes, saiba você,
tenho saudade
daquela mulher desvairada
e seu olho injetado de sangue
às vezes acredito nela
mais do que
acredito em mim.

HOMEM:
Por causa dela eu ponho
minha alma
em suas mãos e lhe faço
uma pergunta
que eu mesmo
não entendo:

Você irá comigo?
Para lá,
para ele?

MULHER:
Naquela noite pensei,
agora vamos nos separar. Juntos não mais
poderemos estar. Quando eu lhe disser sim,
você abraçará o não,
a ausência dele
você vai abraçar —

HOMEM:
Como chegarmos, pensei
naquela noite,
como achegar-nos um ao outro?
Quando eu a beijar
cortarão minha língua
os cacos de vidro
do nome dele
em sua boca —

MULHER:
Como olhar em meus olhos
se ele está lá
primal como um feto
no negror
da pupila?
Todo olhar, todo
toque serão
cutiladas. Como amar,

pensei naquela noite,
como amaremos
se a ele
num grande amor
concebemos?

HOMEM:
O instante
em que isso
aconteceu —

MULHER:
Aconteceu? Olhe
para mim, diga:
isso aconteceu?

HOMEM:
E isso
se avoluma,
sobe,
exubera, um poço
que não tem
fim. E eu
já sei — enquanto
me restar um alento,
desse poço
beberei e sangrarei
a treva
desse
momento.

MULHER:
Uma solidão

sem igual
decreta o luto
ao vivo,
como a solidão com que
a doença
envolve
o sofrido —

HOMEM:
Mas na solidão
esta, em que
a alma como que
se separa do corpo —
eu quase
me dilacero
de mim, lá
não estou mais
só, só
não estou
mais,
desde então —
e lá não
sou um
só, e nunca
serei um
só —

MULHER:
Lá eu toco nele
no interior dele
bem no fundo
como nunca

toquei nem
por um segundo
em homem algum
no mundo —

HOMEM:
E ele,
ele toca em mim
de lá também
e com toques tais
não tocou ninguém
em mim
jamais —

(silêncio)

MULHER:
E se lugar assim houvesse
como *lá*,
e lugar assim não há,
você sabe — mas se
houvesse,
para lá já iria
um entre todos,
se levantaria
para ir. E quanto
mais longe você for,
como saberá voltar,
e se não voltar,
e se não achar,
e não vai achar
porque não há,

e se
achar, já
não vai voltar,
não o deixarão
voltar,
e se voltar,
como vai voltar, talvez
volte tão
outro
que não
estará de volta,
e quanto a mim,
como ficarei se você
não voltar,
ou se voltar
tão outro, que não estará
de volta?

ANOTADOR DOS ANAIS DA CIDADE: Ela se levanta e se abraça a ele. Suas mãos percorrem agitadas o seu corpo. Sua boca tateia e busca o seu rosto, seus olhos, seus lábios. De onde estou, nas sombras do lado de fora de sua janela, é como se ela se jogasse como um cobertor para abafar um incêndio —

MULHER:
Naquela noite pensei,
já não nos separaremos
jamais.
E mesmo se quiséssemos,
como poderíamos?
Quem iria mantê-lo, quem
o abraçaria

se nós dois
com nossos corpos
não envolvêssemos
sua plenitude
vazia?

HOMEM:
Venha, o que
é mais simples do que isso? Sem
pesar e cismar
e pensar: a mãe
e o pai dele
se levantam
e vão
até ele —

MULHER:
Em que olhos olharemos para vê-lo
dobrado no negror
da pupila,
estando lá
mas distante?
Com a mão de quem
trançaremos os dedos
para tecê-lo
em nossa carne
um instante?
Não vá.

HOMEM:
Os olhos,
um só fulgor
de seus olhos —

como é possível, como
é admissível não
tentar?

MULHER:
E o que vai lhe dizer, infeliz,
insano, o que
vai lhe dizer? Que algumas horas
depois dele veio-nos
a fome?
Que o teu corpo
e o meu como dois
carrapatos se agarraram
à vida e grudaram
um no outro e nos
obrigaram a viver?

HOMEM:
Se estivermos com ele
mais um instante,
talvez ele também
esteja
por mais
um instante,
num olhar —
respirar —

MULHER:
E o quê, após?
O que será
dele?
E o quê, de nós?

HOMEM:
De nós, um coração quebrado,
talvez morramos como ele, num instante,
ou fiquemos pendentes
a sua frente, balançando
entre os mortos
e os viventes —
há cinco anos cientes
do cadafalso da saudade
que eu sinto e tu sentes —

(silêncio)

HOMEM:
O cheiro que exala
seu corpo, mulher,
em sua dor
quando de súbito
mergulha
e rapina
o amargo olor,
do qual sempre me vem
o cheiro dele também.

MULHER:
Seus cheiros —
o doce, o picante,
o azedo.
Seu cabelo esvoaçante
sua carne odorante
do corpo o tempero
simples, bastante —

HOMEM:
Como suava depois de jogar,
você lembra?
Todo ele ardente, a exultar —

MULHER:
Ah, tinha cheiros para cada estação,
cheiros de terra nos passeios do outono
e cheiro de chuva emanando do suéter
de lã,
e na primavera vocês dois labutavam no campo,
e o cheiro do suor do trabalho,
vapor de homens obreiros,
enchia a casa inteira.

HOMEM:
Mas eu gostava mais do verão,
com os aromas do pêssego
e da ameixa
quando o sumo lhe escorria no rosto —

MULHER:
E ao voltar da fogueira com amigos,
exalava a noite e a fumaça
em seu hálito —

HOMEM:
Ou quando voltava da praia
com cheiro de sal
nos cabelos —

MULHER:
E na pele.

E o cheiro de seu cobertor de bebê
e o cheiro de suas fraldas
quando sugava o leite,
e parece que só
um minuto
depois —

HOMEM:
— seus lençóis de rapaz
apaixonado...

MULHER:
Às vezes, quando estamos
juntos, sua tristeza
se agarra à minha,
minha dor em seu sangue
transfundida,
e súbito se eleva de nós
o eco de seu corpo intacto,
curado
e um instante se pode sonhar a vida
com ele aqui, a nosso lado.

(silêncio)

MULHER:
Até o fim
do mundo eu iria
se me chamasse, você
sabe. Mas você não
vai até ele,
vai a outro
lugar, e para lá

não vou, não
poderei. Não irei.
É mais fácil ir
do que
ficar.
Há cinco anos eu
mordo minha carne
para não ir, não ir
para lá,
não há, não existe
lá!

HOMEM:
Se formos
para lá
tal lugar haverá,
lá.

ANOTADOR DOS ANAIS DA CIDADE: Ela afasta dele seu olhar. Está longe dele como se ele já não estivesse aqui, deste lado. Ele inspira profundamente e parece querer aspirar para dentro de si toda a pequena cozinha e a casa inteira, e a ela, com seu rosto e seu corpo. Então ele se apruma, caminha e passa junto a ela, sua mão repousa por um átimo em sua cintura, tocando sem tocar. Ele sai da casa, fecha a porta atrás de si.

E para: o céu está baixo e escuro, e a noite, com seu largo peito, o empurra de volta à casa. Ele olha para a porta fechada. Suas pernas hesitam, tateiam. Ele anda, estranho, circundando a si mesmo, num pequeno círculo. Devagar, com cuidado, uma vez após outra, um círculo e mais um círculo em volta dele mesmo. Seus braços se abrem, os círculos se alargam, ele anda e rodeia o pequeno quintal, agora a casa, anda em volta da casa —

O CAMINHANTE:
Eis que vou cair
agora vou cair —

e não caio.

Eis que agora
o coração
vai parar

e não para.

Eis a sombra
e a névoa — agora,
agora
cairei —

ANOTADOR DOS ANAIS DA CIDADE: A noite é fria e úmida. Dos grandes pântanos a leste rolam nuvens, cobrem a lua. Mais e mais ele anda em volta da casa, como a esperar que seu movimento desperte a mulher, arraste —

O CAMINHANTE:
O frio
em sua voz, mulher,
embaraça
meus pés. Como irei
sem seu calor, sem a luz
de seus olhos em mim? Como
irei se
você tirou
sua graça
de mim?

ANOTADOR DOS ANAIS DA CIDADE: Seus olhos fitam o tempo todo a persiana arriada, ele dá voltas e voltas em torno da casa, mas a cada vez parece que vai se afastando, abrindo e se espalhando, além, mais além, caminha, seus círculos se ampliam, se alargam, está indo para lá, não existe lá, claro que não existe, mas e se alguém for para lá? E se há um homem que vai para lá?

O CAMINHANTE:
Não estou só, não estou
só, murmuro
num juramento jurado,
e o bafo de sua boca
sai de minha boca
para o espelho nublado —
não estou só com ele, não estou
só —

ANOTADOR DOS ANAIS DA CIDADE: Ele anda em volta de toda a aldeia, mais uma vez, e mais uma, passa por casas, quintais, poços e campos, por estábulos e redis e pilhas de lenha de calefação. Cães ladram para ele e logo recuam dele num uivo, e ele caminha —

O CAMINHANTE:
Não estou só, com ele
não sou *um*,
sozinho estou
com ele em tudo
que me constrange,
pulsa em mim, vive
comigo, junto
comigo, com ele estou,

efêmero, nesse corte
imenso
que se criou em mim
com sua morte —
comigo recrudesce
e esvaece
não se aquietou
não se aquietou
me sacode
me amargura
me redime
me algema
e cura
e purifica,
não me larga
não me larga
esse menino
solitário
e morto.

ANOTADOR DOS ANAIS DA CIDADE: Uma noite, mais uma noite e mais uma. Coisas estão acontecendo em vossa cidade, duque, e temo não conseguir anotar todas elas para vós.

Eis que agora, meia-noite, no antigo cais junto ao lago, no meio de um emaranhado de redes de pesca, algo se move. Uma cabeça se esgueira para fora e olha em volta. Um corpo pequeno, flexível, se arrasta de dentro desse emaranhado e se senta, ofegante. É uma pessoa, sem dúvida, no rosto imundo brilha a brancura dos olhos assustados, que perscrutam as colinas nos limites da cidade. A boca aberta se vira e olha firmemente como se fosse um terceiro e escuro olho.

Agora eu vejo: é a cerzidora de redes. Talvez vos lembreis,

Vossa Alteza — anos atrás, em uma de vossas visitas ao porto, vos deleitastes com sua língua afiada, quando discutiu convosco acerca do imposto sobre agulhas de costura que então baixastes, por vossa graça. Um menininho sorridente de cabelo encaracolado estava preso ao peito dela por um pano colorido e ele se divertiu convosco num jogo de olhares, e vós lhe destes uma moeda de ouro. Não sei qual foi seu destino. De vez em quando eu a vejo perambulando pelas ruas em torno do porto, rosnando, balbuciando para si mesma palavras sem sentido, envolta e emaranhada numa confusão de redes de pescadores, a ponto de se poder pensar que dentro não há ninguém.
Ela salta de repente como que picada por uma serpente. Suas mãos se erguem, apontando para longe, ela suspira —
E se estais desperto, duque, e se vos aprouver olhar por vossa janela, vereis também: como que uma pequena mancha clara dando voltas em torno da cidade. Um homem está andando, subindo e descendo as colinas —

O CAMINHANTE:
Um passo,
mais um passo, mais
um passo,
caminho
e caminho
até você.
Uma pergunta lançada
eu
num grito aberto

meu filho

se eu pudesse

um passo,
não mais,
mover
você.

ANOTADOR DOS ANAIS DA CIDADE: E no terceiro turno da noite, numa ruela lateral nos limites da cidade, numa pequena casa de um só cômodo, sentado junto à janela está o Centauro. Assim ele é chamado na cidade, Vossa Alteza, e eu prometo tentar, em breve, descobrir por quê. Sua poderosa cabeça, coroada de cachos muito brancos, pende sobre seu peito, seus óculos escorregaram até a ponta do nariz, e seus roncos estremecem a casa. Um olhar à direita e à esquerda: não há ninguém. Eu me ergo na ponta dos pés e olho para dentro do quarto. A penumbra é densa ali, mas me parece que o quarto está muito cheio, atulhado: montinhos e pilhas estranhas, que talvez sejam de poeira, ou de lixo, ou um amontoado de móveis antigos, cercam o homem e às vezes chegam até o teto. É difícil entender como ele pode se mover nesse quarto.

Sobre a mesa à sua frente estende-se um cobertor sujo. Algumas garrafas vazias de cerveja, canetas, lápis, um caderno escolar, tudo misturado. O caderno está aberto, cada página é pautada em finas linhas azuis. As páginas, até onde posso perceber daqui, estão vazias.

"Dê o fora daqui, ou eu lhe arranco os ovos", murmura o Centauro sem abrir os olhos, e eu fujo enquanto é tempo.

Somente quando chego na cerca da casa da mulher de quem me exilei é que meu coração volta a bater normalmente.

MULHER DO ANOTADOR DOS ANAIS DA CIDADE:
O tempo que passa
faz doer. Perdi

a aptidão
do movimento simples,
natural, dentro dele.
Sou arrastada nele
para trás, na direção contrária
a seu fluir, e ele
furioso, vingativo —
o tempo todo, todo o
tempo
crava em mim
aguilhões.

ANOTADOR DOS ANAIS DA CIDADE: E na noite do dia seguinte, numa cabana em um dos bairros enlameados nos extremos da cidade, uma mulher jovem — parteira de profissão — num movimento brusco não está mais de joelhos junto a uma bacia com água, e sim de pé, as mãos gotejantes. Até onde posso perceber, não há no quarto uma parturiente, nem um bebê, e na bacia flutuam apenas calças e a camisa de um homem. A mulher fica imóvel, como se estivesse congelada. Seu pescoço é uma fina haste, e seu rosto é comprido e delicado. Com passos rígidos ela se vira para a janela e vai até lá. Fora está frio e tempestuoso, e como da chaminé da cabana não sai fumaça — por ela posso olhar para dentro —, imagino que dentro da cabana também faz muito frio.

 Seu olhar varre a distância, as colinas, na linha do horizonte. Ela está calada, mas seus dedos se crispam em volta da boca como num grito, até que eu também prendo a respiração. Quando ela finalmente suspira, seus ombros desabam, como se de uma só vez perdesse as forças.

 E seu marido — tórax em forma de barril, crânio avermelhado e raspado, nuca com três grossas dobras —, que durante todo esse tempo ficara sentado num canto do quarto, trabalhando num par de botas de montaria, pontuando e ritmando o silêncio com as batidas rápidas de seu martelo, logo filtra as palavras através dos pregos que tem na boca —

SAPATEIRO: Você está de novo envenenando a alma?

PARTEIRA: O-on-t-tem ela com-completaria ci-cinco anos.

SAPATEIRO: Já lhe disse cem vezes que é proibido pensar nessas coisas! Chega, acabou!

PARTEIRA: Acendi uma vela em frente ao r-re-retrato dela e não disse n-n-nada. Você nunca pensa nela?

SAPATEIRO: O que tem para pensar em quê? Quanto tempo de vida ela teve? Um ano?

PARTEIRA: E m-mei-meio.

ANOTADOR DOS ANAIS DA CIDADE: O sapateiro, com toda a força, bate com o martelo no calcanhar da bota, solta uma imprecação, e chupa com estranho apetite o sangue que jorra de seu dedo.
 Já saio de lá cheio de pensamentos. A cidade dorme e as ruas estão desertas. Na extremidade do antigo cais eu paro, espero. As nuvens estão pesadas, e quase tocam a água do lago. Logo virá a aurora.
 E de novo, como na noite de ontem, a cerzidora de redes muda ergue a cabeça de dentro do emaranhado no qual se deita. Olha em volta, procura, como se tivesse ouvido uma voz a chamá-la. Eu me escondo atrás de um poste. Ela pula de repente,

corre ao longo da plataforma numa velocidade inacreditável, entre esqueletos de barcos e âncoras enferrujadas, e suas compridas redes se arrastam, esvoaçam atrás dela —
Na ponte de madeira se detém. Ouço o sibilar de sua respiração. Quem sabe o que passa na mente dessa criatura infeliz. Ela se agarra à amurada e se sacode com violência. Quanta força e quanta raiva existem nesse pequeno corpo. Eu me aproximo com cautela, me ajoelho atrás de uma canoa emborcada. O lago está tempestuoso esta noite, e meus óculos se cobrem seguidamente de pequenas gotículas. Em momentos como este, Vossa Alteza, eu quase amaldiçoo minha obediência cega a vossas ordens. É difícil enxergar daqui, mas me parece que alguém tenta forçar a muda a se virar para trás e olhar para as colinas, e ela luta falando e cuspindo, e o corpo pequeno e flexível se dobra e se joga para os lados, escrevo depressa e no escuro a mão treme peço desculpas pela letra Vossa Alteza talvez ela queira se jogar no lago e o que farei então faz tantos anos que não toco em ninguém e a cabeça dela num movimento brusco é lançada fortemente para trás talvez realmente alguém no escuro lhe esteja quebrando o pescoço —
Sua boca se abriu, revelando os dentes, e de repente fez-se silêncio. E assim silenciou também o lago como se as ondas não

MULHER MUDA NA REDE:
Duas migalhas de gente
nós éramos,
o menino e sua mãe,
no eterno espaço
do mundo pairamos
seis anos
inteiros —

ANOTADOR DOS ANAIS DA CIDADE: E perplexa ela volta e se deixa cair no emaranhado de redes. Estou com muito frio, Vossa Alteza. Manifestações como essas me deixam intranquilo. E isso de o lago voltar à vida de uma só vez, e as canoas novamente se chocarem umas com as outras e rangerem como se rissem de mim. Também zombareis de mim, duque, mas estou disposto a jurar que vi um fino traço de luz saindo da boca dessa mulher. Talvez apenas uma ilusão causada pelo luar. Mas, na verdade, não há luar algum. E também ocorre que, por um momento, quando cantou, ela era quase bonita. Estou só relatando. E sua voz era cristalina. Eu diria, cautelosamente: celestial. Mas o que entendo eu. E também estou cansado. Tudo isso é muito confuso. Talvez tire um cochilo em uma das canoas.

Um momento —

Agora, como um ágil animalzinho, ela escava em suas redes e se cobre com elas, e já desaparece. Segundo as anotações que tenho aqui — durante mais de nove anos ela não pronunciou uma palavra sequer.

E agora, Vossa Alteza, finalmente a aurora.

DUQUE:
A aurora!
De dentro da noite
odiosa,
do teatro
de seus pesadelos, eu
volto, sou resgatado
e me recomponho
pedaço
a pedaço, mosaico
de duque: eis minha mão
estendida

para o pão,
com seu fresco aroma e
morna textura,
e antes, antes
meu olhar
à janela vai, se esvai
para dois passarinhos na poça,
para o raiar da aurora
purpúrea, veja,
duque, que bênção:
a sua frente
como numa bandeja
um dia tenro, bebê
cujos dentes ainda não nasceram —

mas já há uma semana, bem longe,
nas colinas, um homem
como uma navalha
aberta anda
e corta o céu
com a cabeça —

O CAMINHANTE:
Farei
você
se mover,
farei se mover
você,
meu filho
arrancado,
gelado,
meu filho

castrado.
E cada dia é mais pungente,
e a cada dia você é mais
renitente, e mais
e mais
exigente —

ANOTADOR DOS ANAIS DA CIDADE: Toda vez que a parteira sai do quarto o sapateiro corre à janela. Seus olhos se agitam, procuram nas colinas, seus lábios se movem como se mastigassem ofensas e reprimendas. O martelo está em suas mãos. E agora ele me surpreende em seu quintal, atrás do galinheiro vazio. Ele não vem a meu encontro, não me expulsa, nem mesmo me ameaça com o martelo. Eu lhe mostro com cautela o caderninho e a caneta. Tenho a impressão de que ele assente.

PARTEIRA:
Em frente a minha cama
na p-p-parede
tem um relógio redondo
ant-t-tigo,
um mecanismo fraco e veterano,
ponteiros est-t-tacionados na mesma
ho-ho-ra
e no mesmo minuto, já faz m-m-mais
de um ano

ANOTADOR DOS ANAIS DA CIDADE: A sua voz chega abafada e monocórdia do quarto ao lado. O sapateiro se afasta da janela. Anda para trás. Para trás? Estranho: parece andar dormindo, adivinhando o percurso, até que as costas estão contra a parede. Os dois braços erguem-se devagar para os lados. A cabeça raspada, vermelha, bate com força na parede, ao ritmo das palavras que chegam do outro quarto.

> PARTEIRA:
> E somente —
> o ponteiro dos s-s-se-segundos
> silente
> ainda palpita
> salta e insiste
> no tempo que resta
> todo o tempo que ainda
> subsiste
> salta e resiste
> ao recuo
> não desiste
> avança
> e persiste
> em passar
> para a hora zero
> ou somente
> em
> em
> em ser,
> ser somente um segundo inocente pleno simples não mais não menos somente
> isso meu Deus somente
> ser.

> DUQUE:
> E aqui, no palácio,
> em meu quarto,
> assobia a chaleira, do café

o vapor, na calma, na lentidão
no torpor, não há como duvidar:
é um duque
exemplar —
não.
Não.
Não é dono
de si mesmo quem aqui acordou
de seu sono,
com os ossos ocos,
no abandono,
ah, a força do peso
da tragédia (você pensou
estar defendido,
duquinho, pensou
que era imune. Seus batalhões
por toda a terra se espraiam, mil cavaleiros
sobre mil cavalos, e você
é estilhaços de argila). Mas levante-se,
enfrente seu dia,
vista em silêncio a pele postiça
que é seu nome, avive
no coração a brasa
mortiça, convença
com toda a força a
si mesmo que ainda se lembra como é
simplesmente
ser; como fazer nada, por exemplo,
como se faz nada? Como
alguém faz nada
sem nada querer, como pode
esquecer por um momento

o que está entalhado, cauterizado
lá dentro?
Em suma —
este fingido, matreiro,
que se faz de alguém
rotineiro, cujo olhar
se deixa levar
à janela aberta, cuja mão
se estende convicta ao pão —

E dentro disso, súbito,
eu caio
mergulho,
sou apenas
a sombra da sombra
daquele que anda lá
sozinho, de quem
grava em minha terra
em pesados passos
a sentença:
tudo que existe
tudo que existe
(ah, meu pequeno
menino, querido
perdido) —
tudo existente
doravante
ecoará
o ausente.

ANOTADOR DOS ANAIS DA CIDADE: "É como um balbucio", explica o Centauro quando passo por sua janela ao anoitecer do

dia seguinte: "Um balbucio ou uma espécie de farfalhar, seco, dentro da cabeça, que jamais para".
É sem vontade, Vossa Alteza, que ele presta seu testemunho. Só depois que lhe mostro a ordem ducal com vossa assinatura e o selo com vossa imagem, para que ele os examine, ele compreende que não tem alternativa a não ser cooperar.

CENTAURO: *Minuciosamente*. Você precisa saber o que se passa comigo? Realmente interessa ao traseiro do duque saber *minuciosamente* o que é esse farfalhar em minha cabeça? Então vamos em frente, agarre essa oportunidade pelos colhões, barnabé: escreva que parece, digamos, com folhas secas. O que você está olhando feito um idiota? Folhas! Mas secas, certo? Esfarelando-se, mortas, anotou? E alguém pisa nelas, o tempo todo, anda e pisa... e então? Isso explica *minuciosamente*? O duque ficará satisfeito? Seu rosto resplenderá com prazerosa excitação?

ANOTADOR DOS ANAIS DA CIDADE: Eu pessoalmente, duque, relevo sem muito esforço qualquer ofensa a minha dignidade, mas não aceito de maneira alguma que ofendam assim o vosso representante, e por isso virei-me para ir embora —

CENTAURO: O que é isso? Sem um beijo? Volte aqui imediatamente! Parece-me, barnabé, que em sua ordem está expressamente escrito *"toda informação que for necessária às autoridades, sem omitir nenhum detalhe"*! É ou não é verdade? Então, por favor, abra agora mesmo seu caderninho e comece a escrever:
"Alguém caminha o tempo todo pisando nelas, nas folhas secas" — escreva! — "indo e vindo, indo e vindo, em círculo, arrastando os pés..." — anote — "hrrrsss, hrrrsss" — assim, sim, três letras *s* no fim... é com certeza um detalhe que esclarecerá a situação *minuciosamente* para o duque! Mil por cento de certeza

que isso vai levantar o dele, assim? Captou, escrivãozinho? Já lhe disseram alguma vez que você tem cara de órfão inglês?

ANOTADOR DOS ANAIS DA CIDADE: Enquanto eu faço de conta que anoto essa parlapatice idiota, fico de vez em quando na ponta dos pés e dou uma olhada nas pilhas de coisas que atulham o quarto. Organizo uma pequena e rápida lista: um berço de madeira, um carrinho de criança, uma pequena cama, muitas bolas de futebol furadas, cadeirinhas coloridas, um cavalo de pau, um barco de brinquedo, vagões enferrujados de trenzinho elétrico, um chapéu de caubói, uma faixa de penas de índio, um nunca-acabar de folhas de papel cobertas de desenhos e rabiscos... Aliás: todo esse amontoado de coisas está coberto de cocô de moscas e camadas de teia de aranha. Tudo parece estar deteriorado e quebradiço, e a ponto de se esfarelar a um simples toque da mão, até mesmo do olhar. E ele lá, vejo aqui da janela, continua a tagarelar, xingar e praguejar. Eu fico na minha. Tênis, patins e sandálias, livros, livros em toda parte, uma pequena carteira escolar, estojos, um urinol verde, uma bicicleta pequena com rodinhas — que tagarele o quanto quiser, reclame, escarneça, de vez em quando eu lhe aceno assentindo, nem dez caderninhos me seriam suficientes, aqui tem todo um museu de infância, talvez o museu de um menino. Pé de pato de borracha e óculos de mergulho, ursos de lã, leões e tigres de pelúcia.

Ele parou de falar. Olha para mim por cima de seus óculos. Talvez suspeitando. Um acordeão pequeno, uma pasta, soldadinhos de chumbo, pincéis, a situação não está boa, não estou tranquilo, esses olhos injetados de sangue. Já vou parar. Ei, jogos de mesa, o querido *Banco Imobiliário*, *Serpentes e escadas*, baralhos de figuras, apetrechos para o jovem mágico, uniformes de escoteiro, saquinhos de brindes de aniversários, arco e flechas — como é possível sequer respirar neste quarto?

CENTAURO: É impossível. E agora, se tem amor à vida, escriturário, vá embora daqui e não volte, tá-tá-tá! Rápido!

ANOTADOR DOS ANAIS DA CIDADE: Álbuns de fotografias, máscaras, um revólver de brinquedo, chupetas, apitos, uma lanterna de bolso —

CENTAURO: Dê o fora daqui, carrapato, ou vou eu até você —

MULHER QUE FICOU EM CASA:
Cinco anos depois da morte
de meu filho, seu pai saiu
para encontrá-lo.
Eu
não fui com ele.
Não fui. Tão intensamente não
fui que desabei. Senti, rejeitada,
as pernas se dobrarem sob meu corpo. Ouço
a voz que a mim chega
de longe: ele
caminha, ele vai. Não
fui.
Para lá
eu não.
Para lá
eu
não.
O coração palpita, ele
vai. O sangue lateja,
ele vai, tilintam
colheres e garfos, brilham
espelhos, lançam sinais, espelhe-se

nele, olhe para
ele, de dia, de noite, ele
vai. Eu
iria com ele
até o fim
do mundo. Não para lá,
não
para lá.

DUQUE:
... e ele talvez se revolte, não tenho
certeza, meus detetives
veem nele um perigo:
a frieza de um rebelde, de
um homem teimoso,
obstinado —
mas seus olhos — assim eles escrevem
concluindo o relatório — luzem de azul
e de inocência, como os olhos
de um menino.

PARTEIRA:
J-j-já não saberá,
minha filha, que todo homem
é uma ilha,
que é impossível
a outro h-h-homem
conhecer
por dentro. F-f-i-
ilha que nem mesmo sua mãe
poderá ser,
e por um minuto

ao menos, dar-lhe vivência,
nela ter sobrevivência,
essência de sua es-sência.

ANOTADOR DOS ANAIS DA CIDADE: A neblina enche as ruas da cidade. A parteira está à janela, o olhar nas colinas, os lábios quase beijando a vidraça, e murmura algo como se estivesse febril. Seu hálito intermitente, fragmentado, se desenha na vidraça como se fossem hieróglifos, e logo se evapora, às vezes ainda antes de eu ter anotado. De onde estou — desta vez atrás do poço em ruínas no quintal — dá para ver seu marido, sentado na banqueta e dirigindo a ela um olhar fascinado, o martelo na mão.

PARTEIRA:
Também o que s-s-sou não mais
se ligará ao que você é, também o que sou
a mim mesma não vai mais
se ligar. Tudo se desligou. Dizem que há
coisas no mundo. Dizem
que entre as c-c-oisas há
ligações. Eu o-o-lho para
os que dizem. Eu
vejo
migalhas
e furos,
grânulos
de membros e de partes —

CENTAURO: Mais uma vez, e uma vez mais ele pisa nas folhas dentro de minha cabeça, dando voltas, esmigalhando-as, de dia e de noite, sempre o mesmo ritmo, sem nunca mudar, já faz quinze anos, *desde então*, mesmo quando durmo, mesmo quando defeco, sim, escreva, para que pelo menos em algum lugar esteja escrito, e também tem cochichos o tempo inteiro, assim: hmmm... hmmm... e então ele ataca como um enxame de vespas, zzzzzz, perfurando o cérebro: *isso aconteceu, isso aconteceu, isso aconteceu com ele, isso é para sempre, isso é para a eternidade, e ele não, ele não mais —* Ah... diga, barnabé, isso só acontece comigo lá dentro, certo? Você não pode ouvir isso, não é?

ANOTADOR DOS ANAIS DA CIDADE: Esta tarde, depois que dele me despedi, não sei por que dei mais uma ou duas voltas para vê-lo. Na janela, seu rosto grande e pálido ficava cada vez mais tristonho à medida que eu me afastava. É admirável a lentidão com que se movem seus longos cílios. Uma fina faixa de luz fulgiu de repente na direção do lago e lampejou contra o céu escuro. Corri para lá —

MULHER DENTRO DA REDE:
Duas migalhas de gente
nós fomos,
o menino e sua mãe,
no eterno espaço
do mundo pairamos
seis anos
inteiros,
e a mim pareceram
um só minuto sutil
em que éramos como
um poema
infantil,
em que o prático
rima com o fantástico

Até que veio e soprou
o mais leve dos leves
sopros
respiro
adejo
abano
breve brisa
nas folhas —

decretou e assinou
você para cá
ele para lá
se afastaram seus passos —
e acabou, terminou
e rompeu-se
em estilhaços.

ANOTADOR DOS ANAIS DA CIDADE: Agora ela percebe minha presença e se cala. O píer inteiro nos separa, mas ela me estende os braços como se eu estivesse a seu lado.

MULHER DENTRO DA REDE:
Como por lâminas
de tesouras
fui recortada
do retrato da minha vida,
o gelo da solidão
e da ausência
em meus membros,
me queimo, me arraso.
Pois me tocou,
pois fui tocada

pelo gélido toque
do acaso —

ANOTADOR DOS ANAIS DA CIDADE: E num gesto brusco ela tapa a boca com as duas mãos. Acima delas — seus grandes olhos negros se enchem de medo. Se me perguntardes, Vossa Alteza, diria que essa pobre mulher absolutamente não entende as palavras que lhe saem da boca! Aliás, também me parece que ela realmente acredita que basta eu me aproximar e tocá-la para que ela se livre desse vão encantamento, mas eu há quase treze anos não toco em ninguém. Agora devo me apressar, senhor; é quase meia-noite, e posso perder meu encontro com minha mulher.

MULHER DO ANOTADOR DOS ANAIS DA CIDADE:
Um corpo minúsculo transparente
fúlgido havia em mim, um raio
dourado, fluindo. Eu sabia: ele
sou eu, meu alento
minha seiva, o sentido
de eu ser. Nasceu
comigo, pensei, e também
morrerá comigo —
sem saber que eu poderia
viver mais
do que ele, que eu seria
um exílio, alguém
que é ninguém.
E que mentirosa vou ser —
tal que sem pejo
sem pestanejo
ousa dizer:
eu.

MULHER QUE FICOU EM CASA:
Mordi
com meus dentes minha carne. Não
parti. Como uma vela me
extingui. E só
ele restou em mim
acordado: agora ele
vê, agora está
lembrado. Agora ele cruza
o inferno. Agora se cala
com o filho dele. Ou
ri. Ou prova
uma migalha de felicidade
com ele —

não respirar, não
pensar, o que
ele vê, o que rememora,
o que lhe devora
o coração. Como é vazio
seu interior. Um olho apagado
em mim se acendeu,
olho de animal
metade do qual o predador
já mordeu. O que
ele vê
lá, pergunto, grito, bato
a cabeça na parede, e quanto já
se arrastou, e quanto já se desbastou, e quanto
se afastou
para a escuridão —

O CAMINHANTE:
Pelo visto só posso
compreender coisas que
estão dentro do tempo. Pessoas,
por exemplo, ou pensamentos, ou tristeza
ou alegria, cavalos, cães,
palavras, amor. Coisas
que envelhecem, que se renovam,
se transformam. Minhas saudades de você
também se encerram no tempo. O luto
se faz veterano, antigo
com os anos, e tem dias em que é novo,
fresco.
Assim também a ira por tudo que lhe foi
roubado. Mas você
já não.
Você mesmo já
não. Você
está fora do tempo.
Como explicar a
você. Quando até a explicação
se comprime no tempo. Contou-me
uma vez um homem de uma terra
distante que em sua língua
se diz de quem morre
na guerra, "caiu".
Assim é você: caiu
fora do tempo, o tempo
no qual eu habito
passa
por você: uma figura
de pé sozinha
sobre um cais

na noite
cujo negror
dela transbordou
até se esgotar.
Eu vejo você
mas não o toco.
Não sinto você
nos meus sensores
do tempo.

CENTAURO: Tome como exemplo você mesmo, anotador dos anais da cidade, ou como quer que você se intitule. Você é um prazer para os olhos, juro! Esse chapéu, m-eu-se-nhor! E a gravata, e a pasta e o bigodinho... uma delícia! Só é pena que esteja tão desleixado e sujo, como um mendigo, juro, e também, me desculpe, fedendo como um monte de cocozinho fresco, mas fora isso —

Basta, não comece a inflar, o que você está papagueando aí? Ofensa a servidor público? Pshhh! Um pouco de senso de humor, barnabé, estou brincando com você! E aliás, saiba que de minha parte é tudo por inveja. Sim, tome nota, nas maiores letras possíveis: o centauro tem inveja do escriturário!

Não, diga você mesmo: não é uma sorte incrível que você, no exercício de seu trabalho, e sem dúvida em troca de um belo salário, possa espiar quanto quiser dentro do inferno dos outros, sem precisar meter nem a ponta do seu mindinho branquelo? Pense! O que é mais excitante do que o inferno dos outros, diga? E no geral, você há de concordar comigo, a dor em segunda mão é preferível à dor em primeira mão, não é? Não é de uso mais saudável, e também mais "artística", no sentido mais elevado, ou seja, mais castrado, da palavra? E veja, tome você como exemplo: já faz pelo menos uma semana que você passa por aqui, assim, por acaso, diante da minha janela, três-quatro vezes por dia, ontem foram cinco, mas quem está contando — apressado em seus afazeres, mergulhado em seus pensamentos, e de repente — Opa! Vamos dar uma freada estridente! Vamos pestanejar de surpresa! Que temos aqui? Um centauro! E ainda por cima enlutado! Dois coelhos de uma cajadada só! Rápido e fácil vamos vestir uma expressão de suave condolência e solidariedade, e num instante mergulhar a ponta de nossa pena prateada em sua negra tinta, e três-quatro, vamos perguntar sobre seu filho, perguntar sobre o filho, perguntar sobre o filho! E se o interrogado não der respostas suficientes, não desistir, não desistir, vamos voltar dentro de uma hora, e de duas horas, e amanhã de manhã também, e novamente, novamente perguntar sobre o filho, e não vamos largá-lo mesmo que ranja os dentes e morda os lábios até doer, e conte-me por favor como ele era quando bebê, e o que gostava de comer, e o que construía com o lego, e que canção de ninar você cantava para ele... Ouça, carrapato da tinta, nem o imposto de renda da Inquisição torturava assim! E então, subitamente, pshhhh! O relógio da cidade faz soar a hora, ding-dong, até logo, até logo, muito obrigado, foi muito agradável, a pena volta a seu estojo, o caderninho a seu bolso, e o barnabé já está a caminho de casa, abre parênteses, o que lhe importa que eu fique aqui sangrando, dilacerado, cortado em pedaços, fecha parênteses, o escriturário assobia uma canção alegre pensando no pernil de cordeiro que o espera no forno, e claro que também nos pernis dessa ou daquela senhora... O quê, hein? Peguei você naquilo — como é que se chama? —, ou não peguei?

    ANOTADOR DOS ANAIS DA CIDADE: Paro aqui, Vossa Alteza! Cheguei a meu limite! Daqui em diante — o anotador dos anais da cidade se recusa peremptoriamente a encontrar-se com essa criatura repelente! Podeis me matar, duque, a ela eu não voltarei!

O CAMINHANTE:
Ouvi uma voz
de mulher se elevar
da cidade:
que todo homem é
uma ilha,
que é impossível
a outro homem
conhecer
por dentro —

Eu fico na minha, não paro
de tentar: faço haurir, despertar,
dividir sem parar
células suas que ainda
vivem em mim, as derradeiras
impressões do ser que ainda
não se perderam nas extremidades
de meus sentidos —
o toque de sua pele de menino,
sua voz que ainda é fina e secreta
em meus ouvidos, mas já dispara
agudo estilhaço
de ironia, e o registro
do movimento de seu corpo,
passa tão rápido,
desliza (tão contente fiquei
quando me disseram que você
andava como eu).
Uma dúvida
fina e afiada lampeja
no franzir de seus lábios —

eu continuo, eu guardo,
entesouro
e ressuscito, o menino
que você foi, o homem
que não será —
você talvez sorria: "Que é isso,
pai? Experimentos com um ser
humano?"
Eu dou de ombros: não, isso
é a empresa
de uma vida.
Veja, eu súbito me inflamo,
eu vou criar
você, ou ao menos um
palpitar
de vida
seu, e por que não,
com os diabos,
por que voltar atrás?
Já fiz isso uma vez,
e agora quero
você
muito
mais.

MULHER QUE FICOU EM CASA:
Baixei
todas as persianas. Apaguei todas
as luzes. Minha pele cobriu-se
de feridas e abscessos. Obscuro
silêncio. Escuro
silêncio. Dias

e noites e eu
dentro dele, um feto
pós-maturo, petrificado,
que a tragédia concebeu
depois
do climatério.
Até que súbito acordei
de meu desmaio, e como que
um ventríloquo de meu ventre
falou: eu
perco
meu filho
mais uma vez.

ANOTADOR DOS ANAIS DA CIDADE: Debaixo de um lampião de rua que derrama uma luz amarelada, um homem idoso escreve com giz na parede de uma casa. Seu cabelo muito branco, como um halo, paira em torno de sua cabeça, seu bigode de morsa é prateado, e por um instante eu exulto, pois esse homem é o meu professor, professor de matemática no curso fundamental, um homem simpático, que há muitos anos passou por uma tragédia, não me lembro o que foi, e depois sumiu. Pensava que tinha morrido, e ei-lo aqui de pé na noite avançada anotando na parede imunda de desenhos pornográficos colunas de números e de exercícios numa escrita pequena e organizada. Quando percebe a minha presença, não se assusta nem um pouco: ao contrário, sorri para mim com uma boca desdentada, como se durante muito tempo tivesse esperado só por mim, e faz sinal com um dedo torto para que eu me aproxime da parede.

VELHO PROFESSOR DE MATEMÁTICA:
Dois e dois são

quatro. Repita
comigo: três
mais três são seis. Dez
e dez — vinte. Mais uma vez
você se atrasou, meu jovem, amanhã
terá de trazer
seus pais —

ANOTADOR DOS ANAIS DA CIDADE: Mas professor, o senhor não se lembra de mim?

VELHO PROFESSOR DE MATEMÁTICA:
Desculpe, senhor, desculpe,
a escuridão, e também meus olhos... Você
é o anotador-dos-anais-da-cidade,
é claro.
Então: quanto ao que foi
perguntado, ou que estava a ponto de ser
perguntado
tenho tão pouco a dizer,
e eu também
um pouco me espanto: pois
já há vinte e seis anos
esta é a grande ocorrência de minha vida,
a única, consumada,
mas para surpresa maior,
e também embaraço maior,
não sei sobre ela
nada.
"Mas como é que ela é",
as criaturas perguntam às vezes,
e eu também mais de uma vez pergunto

a mim mesmo:
como um bloco de concreto?
Uma barra de ferro?
Compacta represa?
Rocha
basáltica?
Ou talvez — como cebola
camada a camada?
Não-não, eu
me desculpo, nem
isso nem aquilo, e não
pense, meu senhor, que eu
me esquivo à resposta:
realmente quanto a isso não sei
nada.
Só sei que está aqui.
É um fato. E ele
com todo seu peso
meus dias
dilapida. Ele
suga
minha vida
sofrida. E basta,
desculpe, senhor,
mais do que isso,
em suma,
não sei
coisa alguma.

ANOTADOR DOS ANAIS DA CIDADE: E já me vira as costas e volta a escrever números na parede da casa em sua caligrafia miúda. Por longos minutos continuo a contemplá-lo, haurindo um estranho conforto de seus movimentos leves e rápidos. E de repente me lembro do que lhe aconteceu, e fico surpreso de ter esquecido, quase vou de novo até ele para lhe dizer, professor, assim e assim aconteceu comigo também, e o senhor nunca me ensinou o que se deve fazer então.

PARTEIRA:
Um b-bebê,
se um só bebê surgisse
de um útero para minhas
duas mãos ex-p-pectantes, minhas
mãos de parteira
vaz-zias,
ainda coberto do orvalho
do parto, preso ao cordão
umbilical, e vagindo,
só
que não sei
se afinal
nesse instante
não vai se desfazer
nas minhas mãos
em pó —

Mas o q-que é
isso? S-sua
boca, o que
você fez
consigo?

SAPATEIRO: Não é nada. Não é.

PARTEIRA:
A b-boca,
a boca, a-a-a-
abra
a boca!

SAPATEIRO: Não, deixe, não toque, toda a minha força vem deles.

PARTEIRA:
E como não
p-per-percebi... como? Eu
p-pensei
que só q-quando você
trabalha você... e como
você comeu
a-as-sim? E como
você vai t-t-tirá-los,
eu peço, eu
imploro, tire
tudo —

SAPATEIRO: Não, não posso, quem vai cuidar que eu...?

PARTEIRA: Tire-os!

SAPATEIRO: Para que eu não morda a mim mesmo

PARTEIRA:
S-s-sim, mais,
tire, cuspa, tem
mais, e mais

um, sim, me dê, na
mão... tem mais, meu Deus,
é tão afiado... tem sangue...
t-toda a sua
boca é feridas
e ferrugem.

ANOTADOR DOS ANAIS DA CIDADE: Ela abre a janela e joga todos fora. Eu os ouço cair em torno de mim num tilintar metálico, e o sapateiro lá está perplexo, a mão no rosto e a língua a se revirar na boca, perscrutando a saliva.

SAPATEIRO: Havia dez como esses. Pequenos, e grandes e tortos, e um grosso e sem cabeça, era como um polegar, assim eu o chamava. Já se tinham tornado pedaços de mim. Um para cada dedinho dela que eu beijava.

ANOTADOR DOS ANAIS DA CIDADE: E ainda na mesma noite o caminhante ouve passos atrás de si, e lá está o sapateiro, num andar um pouco encurvado, e ele pergunta num murmúrio: Você estaria precisando de sapatos? E o homem diz que não precisa de nada, só de andar, e de que não o perturbem. E o sapateiro olha para seus pés descalços e feridos e lhe diz que aqui, na mochila, ele tem ferramentas e um pedaço de couro, e que pode fazer facilmente um par de bons sapatos. E o homem não responde, eles continuam a andar por algum tempo, e por fim o sapateiro lhe pergunta se pode andar assim atrás do caminhante, e o caminhante não responde, tampouco interrompe sua marcha, e só dá de ombros como a dizer, se você quiser, mas eu caminho só.
    Agora eles são dois, Vossa Alteza. Podeis vê-los de vossa janela. Na frente, o homem alto e ossudo, de cabelos e barba revoltos, e atrás dele, a alguns passos de distância, o sapateiro, braços

caídos para o chão, e de vez em quando ele vira a cabeça para
trás, para a mulher delgada, ereta, à janela da cabana.

>PARTEIRA:
>E se
>não,
>se não se des-f-fizer
>o bebê
>em pó, se permanecer
>quente e sólido
>ao vagir
>e chorar,
>talvez então
>o mundo todo vai voltar
>a se irmanar
>em minha mão?

>MULHER QUE SAIU DE CASA:
>Cinco anos após a morte
>de meu filho, seu pai
>saiu para
>encontrá-lo.
>Eu decidi
>não acompanhá-lo.
>No alto do campanário
>no coração da capital regional
>cem milhas distante
>de minha casa, eu agora
>caminho sozinha
>em círculos, eu
>circundo
>o espigão de uma torre

férrea, lenta
lentamente, volta
a volta, noites,
dias,
em meu pequeno círculo
diante dele,
e ele
que está nas colinas
diante de mim, dias,
noites,
traça
o seu círculo.

CENTAURO: Mas se eu não escrever isso, não vou compreender —

ANOTADOR DOS ANAIS DA CIDADE: É assim, duque, como que por acaso, que o Centauro fala ao anotador dos anais de vossa cidade, quando passo em frente a sua janela ao entardecer — *passo seguindo vossas ordens, sob profundo e veemente protesto.*

CENTAURO: Não vou compreender o que aconteceu, tampouco o que sou agora depois que aconteceu. E o mais terrível, barnabezinho, é que, se eu não escrever isso, também não poderei compreender quem é *ele* agora, quer dizer, o meu filho.

ANOTADOR DOS ANAIS DA CIDADE: Eu também não compreendo do que ele está falando. E ele, é claro, não explica. Só ergue o nariz numa espécie de orgulho inflado e ofendido, e vira-me as costas na medida em que seu corpo disforme permite. Mas ele também me acompanha com o canto do olho, e no momento em que dou um basta às suas encenações e me disponho a ir embora —

CENTAURO: Assim são as coisas comigo, barnabito, é desse jeito que eu sou. É um fato! Não sou capaz de compreender algo enquanto não escrever! Compreender de verdade, quero dizer, minuciosamente! Por que é que você fica me olhando? De novo essa cara de órfão! Escrever mesmo, eu lhe digo, não apenas ruminar o que mastigaram e vomitaram mil pessoas antes de mim, como você gosta tanto de fazer, hein, caderneta? Incitar, citar, anotar cada perambulação delas em letras caprichadas, hein? Então agora, por favor, escreva em letras bem grandes, gigantescas: Eu tenho de criá-lo novamente na forma de uma *história*! Captou? Ele, idiota! O fato, o que aconteceu! O que você não está entendendo aqui? Isso, essa coisa filha da puta que aconteceu comigo e com meu menino, sim, tenho de misturar tudo dentro de uma história, sou obrigado. E que haja ação! Imaginação! E visões e liberdade e sonhos! Fogo! Um caldeirão a ferver!

ANOTADOR DOS ANAIS DA CIDADE: Grandes gotas de suor rolam nos vincos de seu nariz. Seu rosto é uma tempestade vermelha. Anoto febrilmente, totalmente hipnotizado por ele, sem olhar para o papel, a mão correndo sozinha.

CENTAURO: Só assim eu posso, de algum jeito, me aproximar dele, desse isso, maldito seja, sem morrer disso, percebe? Tenho de me mover à sua frente, me deslocar, não ficar petrificado como um rato diante de uma serpente! Tenho de sentir, mesmo que por um só instante, por meio segundo, o último lugar livre que talvez ainda tenha restado em mim, a partícula de centelha que ainda, de algum modo, cintila lá dentro de mim, que esse desgraçado não conseguiu apagar...tfu! Não tenho alternativa, compreenda: eu não tenho alternativa. E talvez não haja mesmo alternativas, hein? Não sei, e você com certeza não vai entender, então pelo menos anote, depressa: Eu quero amassá-lo, revolvê-lo, esse isso, sim, isso que aconteceu, isso que veio como um raio e queimou tudo que eu tinha, as palavras também, maldito seja e maldita sua lembrança, as palavras que poderiam me descrever isso ele queimou, o desgraçado. Eu preciso misturá-lo com algo de mim mesmo, sou obrigado, do mais fundo de mim, a soprar dentro dele minha pobre respiração, tentar fazer dele um pouco, como lhe explicar, um pouco meu, meu... Eis que alguma coisa de mim, de meu, já se encontra nele, bem dentro dele, em sua prisão maldita, então talvez haja sobre o que falar, regatear... hein? Anote, facínora! Não pare de anotar. Que jeito que você tem de me olhar! Quando finalmente consigo dizer uma palavra sobre isso, respirar... E também quero criar figuras, preciso, tenho que, é sempre assim comigo, figuras que jorrem para dentro da história, que fluam, que arejem um pouco meu cárcere, e que surpreendam, a ele e também a mim, claro, que me traiam, que o traiam, esse filho de mil putas, que caiam sobre ele daqui e dali e de todos os lados e ao revés e com um laço, por mim podem meter em seu traseiro, contanto que o façam se mover um milímetro, não precisa mais, que pelo menos em minha página ele se mova um pouco, que esperneie, e só

    que não seja
    tão
    tão inatingível
    por

nada.

ANOTADOR DOS ANAIS DA CIDADE: Ele se cala, seus olhos se arregalam de pavor, como se de repente o chão faltasse sob seus pés e ele mergulhasse, bem à minha frente. Uma de suas mãos se ergue debilmente, como se ele tentasse se agarrar em mim.

Só agora, Vossa Alteza, começo a perceber o que todo o tempo estava bem diante de mim: o caderno, as penas sobre a mesa, as páginas em branco —
Contemplo essa criatura corpulenta e grosseira. Uma como essa, nunca cheguei a imaginar.

CENTAURO: Agora vá embora daqui. Eu lhe imploro, vá. Mas volte, sim? Voltará? Quando? Amanhã?

ANOTADOR DOS ANAIS DA CIDADE: No dia seguinte, numa gaveta empoeirada dos arquivos da cidade, encontro sua pasta. Ele não mentiu: até alguns anos atrás, escrevia histórias. Escrevia canções também, e baladas, e um poema. Vi que os críticos em geral lhe torceram o nariz, embora aqui e ali dissessem dele coisas boas: "Como o José da lenda", poetizou alguém, "sementes se projetam dos dedos de suas mãos".

Lá estão registrados também os boatos que circulam a seu respeito, e a respeito de sua estranha alcunha de "Centauro". Histórias da carochinha, Vossa Alteza, acredite quem quiser! Eu quase sou tentado a anotá-las aqui, por divertimento, mas, quando deparo com o olhar sarcástico que vossa imagem me envia da ordem que tenho nas mãos, sei que não devo constranger-vos mencionando tolices primitivas como essas num documento oficial do ducado.

MULHER NO ALTO DO CAMPANÁRIO:
Às vezes passantes
sobem à torre, observantes
de pássaros, ou amantes
de sinos, ou turistas,
e mais que todos, os que põem as vistas
em nossa guerra

eterna, lá no vale além das colinas.
Ficam horas, bebem, escarram
e olham nos binóculos, e apostam
resultados, e bebem de novo, gritam
hurra, a plena voz, se
algum pobre soldado lá — impossível
distinguir
se é nosso ou se é deles — consegue
com grande dificuldade
erguer sua espada. Você também esteve
lá, meu filho, o que
fazia
lá, o que
tem a ver
lá com você? —
e entre esses hurras
e as bebidas e as piscadelas, eles olham
para mim, apontam com o dedo, riem,
às vezes beliscam também. E o que
podem ver? Uma mulher
da aldeia, da zona dos pântanos, com rosto
de aldeia e pernas grossas, e uma longa
trança, cinzenta, e não se move
quase, e anda
devagar,
devagar,
três-quatro passos
por hora, mulher doida.
Riam, sorrio eu, riam,
bom proveito, e em torno de mim
gira a torre devagar, um passo,
mais um passo, um passo mais.

Meus olhos não desgrudam dele
nas colinas,
e eles, em torno de mim, e ele
e eu,
e eu
e ele,
e nosso filho
é um fio
entre nós.

O CAMINHANTE:
Um raio penetra
em mim, me atinge
as fendas, as profundezas,
armado e tenso:
onde está você?
Em qual dos caminhos
virá se revelar um dia,
se erguer
em minha fantasmagoria?

Jogando futebol?
Preparando o molho do bife?
Fazendo a lição,
a cabeça apoiada na mão?
Jogando pedrinhas
na água?

Há muito tempo já sei,
é você
quem decide
como aparecer a mim

e quando. Você,
e não eu, escolhe
como vai falar
comigo. Mas seu
vocabulário, meu filho —
eu sinto — vai diminuindo
com o passar dos anos.
Ou pelo menos as palavras não
se renovam: futebol,
bife, lições, pedras.
Mas você tinha muitas mais
(toda a vida, meu querido,
um acervo imenso),
mas você parece insistir
em se entrincheirar
no sucinto —
bife, bola, pedras, deveres de escola,
e mais dois ou três momentos
breves, aos quais você volta,
fazendo voltar —
a aurora à beira do rio, no norte,
a história que lhe contei,
o estranho nicho na rocha
cinzenta, onde você se aninhou,
se enroscou,
tão pequeno
que era,
e o azul de seus olhos, e o sol, e os peixinhos
que saltavam na água como se também quisessem
ouvir a história, e o riso
que rimos juntos —
só isso, só essas, de novo

e de novo, as lembranças
estas, e as outras que tais
se esvaem, finais,
cada vez mais...
O quê?
Propositalmente você
me rouba o consolo, a mercê?

Então eu penso, talvez
assim você me acostume
aos pouquinhos
ao apagar
da dor? Talvez, com uma delicadeza
sem igual, com os perenes
bons sensos tão seus,
você me prepara
lentamente
para isso,
então,
para o adeus?

CENTAURO: Você voltou. Finalmente. Eu já tinha certeza de que não... de que você se assustara comigo... Ouça, andei pensando sobre isso: você e eu formamos um estranho par, não é? Pense: já há anos não consigo escrever, nem uma só palavra sai de mim — e você, dá para ver, pode escrever, na verdade anotar, quanto quiser, caderninhos inteiros, papelada sem fim! Mas, pelo visto, só aquilo que os outros lhe dizem... só citações, hein? Mastigações e ruminações de outros. E você só as descreve, assim, com a pena rápida, num esboço... estou certo? Nem uma só palavra realmente sua? Hein? Nem mesmo uma letrinha só? Era o que eu pensava. O que se pode dizer, que dupla fantástica

a nossa... Então agora anote depressa, por favor, antes que me escape: E dentro de minha cabeça o tempo todo tem uma guerra vírgula as vespas não param de zumbir dois-pontos o que vai adiantar se
você escrever ponto de interrogação, o que acrescentará
ao mundo se imaginar ponto
de interrogação e se realmente
for obrigado vírgula então escreva apenas
os fatos vírgula o que
tem a dizer
além deles ponto
de interrogação escreva-
-os e cale-se
para sempre dois-pontos na hora
tal e tal vírgula no lugar
tal e tal vírgula meu filho
vírgula único vírgula com
onze anos e meio
ponto o menino
não está mais
ponto

ANOTADOR DOS ANAIS DA CIDADE: E a estas últimas palavras, com as duas mãos e uma força terrível ele golpeou a mesa, e seu rosto se contorceu numa dor tão intensa que por um momento me pareceu, Vossa Alteza, que ele golpeara o próprio corpo e a própria carne.

PARTEIRA:
Meu Deus, a dor que de repente
dilacera meu ventre,
minha filha,

se eu apenas soubesse que também *l-lá*,
quando você chegou,
quando acabou
de agonizar —
a receberam mãos
amorosas e uma toalha
morna
e olorosa, e alguém,
ou algo, em cujo acalento
você descansou
no primeiro momento.

ANOTADOR DOS ANAIS DA CIDADE: Junto à estação ferroviária, no escuro, ao lado de uma casa quase a cair, está o velho professor. Sua cabeça prateada se apoia numa parede da casa como se ele lhe sussurrasse segredos. Num gesto autoritário, como se também desta vez só estivesse esperando por mim, ele me convida a sentar a seus pés na calçada. Dois mais dois são quatro, eu balbucio com ele, e logo sinto um alívio. Três mais três são seis. Quatro mais quatro — oito. Parece que minha presença lhe inspira vitalidade: ele rabisca exercícios na parede em movimentos rápidos, e seus olhos se iluminam. Cinco e cinco são dez, eu repito com ele, cantarolando, curvando o pescoço para trás para vê-lo ali de pé sobranceiro. As abas de seu paletó esvoaçam quando ele salta de exercício em exercício, sua voz fica suave e fina, tenho a impressão de que meus pés não chegam até o asfalto e que posso balançá-los, dez e dez são vinte, eu exclamo com entusiasmo, e da janela no segundo andar alguém joga em nós um líquido fedorento e grita que deixemos as pessoas dormir.

Eu me levanto e fico de pé ao lado do professor. Estamos os dois molhados e constrangidos, como se tivéssemos sido pegos numa tentativa idiota de fugir da prisão. O pequeno e enrugado professor parece de repente um bebê. Se eu pudesse tocar em alguém, eu o tomaria em meus braços e o acalentaria, cantando para ele até que adormecesse. Por isso abro meu caderninho, e na voz mais protocolar que sou capaz de extrair de mim eu lhe peço que especifique.

VELHO PROFESSOR DE MATEMÁTICA:
... e ele não tem brechas? Eles
pressionam, os que perguntam:
ou rachaduras
ou sulcos?

Não.

E você pode
tocar nele?

Não há como tocá-lo.

Mas diga: ele é compacto
ou oco, da sua vida
o grande fato? É relaxado
ou tenso?

Não, não, respondo contrito, ele
está aqui, está
aqui!

Mas isso você já disse!
Sim, estranho como é pouco
o que tenho a dizer
quanto a isso.

Impressionante
e frustrante, eu sei,
mas ele, ou seja, "isso",
ou seja, a morte
de meu filho, de Michael, há
vinte e seis anos, num acidente
bobo (uma brincadeira que se complicou,
uma banheira, e uma navalha afiada,
veia seccionada,
enquanto
brincava) —
isso como que engole,
põe para dentro as palavras
e o bom senso,
todas as chaves.
E só uma coisa
resta permanente
e firme:
ele, o fato.
Aqui.

Se eu for ou se eu voltar,
se me levantar ou deitar —
isso está aqui.
Quando estou só
ou me sento na praça
ou dou uma aula sofrida
isso está aqui
preenchendo-me assim
sem medida
não deixando às vezes lugar
nem para mim.

Sim, é o que eu queria dizer
(e talvez o senhor deva escrever):
que não tenho lugar
para mim, nem para
respirar. Sim,
a questão é essa:
uma respiração
sem pressa,
respirar
profundamente,
completamente
e simplesmente,
sem o espasmo crucial
de horror
abismal —

Mas sobre a coisa falada
(já mencionada, em suma) —
coisa alguma,
nada.

O CAMINHANTE:
E se me lampeja a memória —
você faz as lições na cozinha,
ou sorri na praia, numa foto antiga,
ou apenas dorme em sua cama —
logo eu desperto
para viver
o que era um minuto antes,
o que foi um minuto depois,
antes de ter capturado você na lembrança,
depois que o fotógrafo a congelou.

Eu lhe faço uma massagem:
para que seu semblante se espraie
num sorriso,
e lentamente persiga
um devaneio.
Que os olhos se iluminem de repente,
que mudem de cores
na luz,
cheios de irada paixão
ou estupefação,
ou conspiração.
E assim você caminha no quarto
para cá e para lá e ao sabor do dia,
pequenas ondas
de graça
e candura e juventude
movem-se sob a sua pele,
na testa se agita seu cabelo
claro.
E agora vai se virar para mim e dizer:
mas pai,
você não compreende —

Ou quando dorme, coberto com um lençol
seu peito a subir e descer,
sobe
e desce,
e de novo sobe
(ah,
demais eu pedi.
Percebi.
Castigo eu sofri).

E no entanto, meu filho,
enfim,
você se move,
você se move,
em mim.

CENTAURO:
E às vezes eu faço joguinhos
com ela, com aquela
maldita, provocações verbais: "A morte
morre", eu pisco para ela, como
se fosse um joguinho
de nós dois: "A morte será morrida, ou
talvez, se morrerá? Morrer-se-á?
Morrificará?". Conjugo com ela, pacientemente,
mais e mais, tentando, repassando, "nós
nos morrificamos, vós
vos morrificareis, elas se morrificarão", lutando
com ela assim, que mais posso fazer,
nem escrever nem
viver, pelo menos
a língua
ficou, pelo menos ela ainda é um pouco
livre. Permitida... é sábia
a língua, verdade, meu barnabé? Cheia
de mistérios e alusões
e liberdade. Veja a palavra
"paiei", fui pai,
"Quão tanto
eu paici
meu filho" —

ANOTADOR DOS ANAIS DA CIDADE: Conte-me sobre o berço.

CENTAURO: Como é? *O que você disse?*

ANOTADOR DOS ANAIS DA CIDADE: O berço. Na grande pilha, atrás de você.

CENTAURO: De todo coração, funcionário infeliz, espero que meus ouvidos me tenham enganado.

ANOTADOR DOS ANAIS DA CIDADE: Tem dois patos desenhados nas cabeceiras.

CENTAURO: Que pena, funcionário, você estragou tudo.

ANOTADOR DOS ANAIS DA CIDADE: Seus ombros começam a inflar. Seu rosto também. Minha aposta fracassou. Ele se esforça por se afastar da mesa e se levantar da cadeira. É preciso dar o fora daqui, depressa. Nunca o vi a não ser junto a sua mesa. Na verdade, até este momento, nunca o vi de pé. Lembro-me das coisas que li sobre ele nos arquivos da cidade. Esta é a hora de fugir, mas minhas pernas não me obedecem. Ele vai crescendo diante de mim. Vai se levantar, isso é evidente, se levantar e arrancar com ele a casa inteira, romper o telhado. Os brinquedos e as roupas e os outros sedimentos da infância que aqui estão vão virar pó e voar para todos os lados. Pena. Pena. Estava quase começando a gostar dele. Ele suspira, o rosto trêmulo. Enquanto isso eu ouço lá junto a ele, bem dentro do quarto, fortes pancadas e também um rangido estranho, como uma grande unha córnea arranhando uma lajota. Fecho os olhos e digo pressurosamente para mim mesmo que é só a mesa, é só a mesa que range assim. Um pensamento lampeja em mim: ele vai se levantar da cadeira, puxar-me para dentro de seu quarto e me devorar lá. E mais um pensamento: esta mesa tem ferraduras nos pés.

CENTAURO: Para o inferno! Para o inferno. Nem mesmo ficar de pé? É uma merda! Merda!

ANOTADOR DOS ANAIS DA CIDADE: Sua cabeça descai sobre o peito e ele chora, juro, ele chora. É melhor eu ir embora. Assim não vou envergonhá-lo. Espero mais um instante e vou. Seus ombros se sacodem em tremores rápidos, partidos. Ele cobre o rosto com as mãos. Eu fico contando as fendas e rachaduras da calçada. Corrijo alguns erros em minhas anotações no caderninho. Depois, sem alternativa, começo a prestar atenção nas diferentes camadas de seu choro, até que encontro aquela que me é tão conhecida. Eis aí, se fosse eu a chorar, assim seria meu choro. Presto atenção. Desde o momento em que aquilo aconteceu a minha filha proibi a mim mesmo qualquer tipo de autopiedade. Isso exige, evidentemente, uma certa medida de autocontrole e uma permanente vigilância. Até durante a noite. No entanto, não posso proibir o Centauro de chorar. É uma questão particular dele, mesmo que, por alguma razão, ele teime em chorar usando a minha voz. Tento adivinhar o que faria minha mulher numa situação dessas. Ergo-me na ponta dos pés. Minha mão paira no ar por cima de sua cabeça. Essa mão que não tem o direito de tocar em ninguém, uma pobre mão, impura, a mão de um medroso. Respiro profundamente, fecho os olhos e acaricio seus cachos. "Shhh, *shhh*", eu lhe digo.

Sobre ele desce o silêncio. O silêncio paira em toda a cidade. Não ouso me mexer. Assim, enquanto minha mão pousa sobre a cabeça do Centauro, ouço de repente, muito perto de mim, exatamente no lugar em que minha mão toca em sua cabeça grande e suada, a voz do homem que anda pelas colinas.

O CAMINHANTE:
No primeiro ano
após, quando estava em casa
a sós, eu chamava às vezes você
pelo nome que usávamos em
sua infância.

Com uma força que não havia em mim,
num desvario, eu injuriava
a alma, o corpo vazio, eu fundia
nessa palavra curta,
almejada,
todos os pós da magia:
do lar o aconchego,
o sossego,
rotina, uma certa
indiferença...
e eu então chamava
num acaso
premeditado:
U-i?

Se o fazia com esmero, assim esperava,
(visionava, tramava),
você não poderia deixar
de responder a tal
simpleza, que atravessava
fronteiras
e mundos —

eu diria "U-i", e você
deslizaria até aqui e se concretizaria

facilmente, eco
de meu chamado,
como uma pequena preamar
a transbordar
de lá
para o real. E seria esta
a sua resposta,
natural e factual,
como a resposta
da expiração
à inspiração,
reverência fina
à milagrosa força
da rotina.

Ah, eu lhe diria,
está a fim de assistir comigo
a um jogo? Talvez
sair numa curta
caminhada, juntos?

Como pôde ser, meu menino,
que de todas as palavras
e outras mais,
existe uma
à qual jamais,
jamais
você responderá?

ANOTADOR DOS ANAIS DA CIDADE: "Mas onde fica lá?", pergunta minha mulher no dia seguinte, na hora de nosso passeio vespertino, ela na rua, eu seguindo atrás dela, escondido entre as sombras: "Onde está este lá para o qual ele está indo? Quem acredita que existe tal coisa, lá?".

Assim, durante a tranquila caminhada, ela lança essas palavras ao espaço! Minhas pernas quase fraquejam de tanta surpresa. Olho em volta para ver se alguém a ouviu, mas por sorte só ela e eu estamos na rua a esta hora.

"Talvez lá já esteja há muito tempo aqui?", ela continua, e fico ainda mais perturbado com a nota prosaica na sua voz: como se fosse uma conversa trivial na cozinha de nossa casa.

"E talvez nós talvez estejamos um pouco lá, desde que isso nos aconteceu?", ela diz se empertigando, e tenho a impressão de que seus passos ganham um novo ímpeto: "E talvez lá sempre esteve aqui e não sabíamos?".

Um vento frio está soprando. Ela envolve o pescoço num xale, mas seus belos ombros ficam desnudos. Ela faz isso para mim. Hoje é meu aniversário, Vossa Alteza, e ela sabe o quanto eu gosto deles, dos ombros dela.

"E se for assim", ela respira profundamente: "então talvez, talvez também ela esteja aqui conosco, em cada minuto?".

Ante a força pungente dessas palavras, nós dois nos detemos.

"Imagine você", ela sussurra.

Continuamos a caminhar, ela à frente, eu na sombra das casas, entre os quintais escuros, e nada dentro de mim.

VELHO PROFESSOR DE MATEMÁTICA:
"Um pai não viverá mais do que seu filho",
eis uma regra cuja lógica
sensata está plantada
não só na vida das pessoas, mas
também, como se sabe, na ciência
da óptica, onde
(no espírito do reverenciado

Spinoza, lapidador de espelhos)
achamos um teorema
muito ousado: "*Jamais
poderá um objeto (a vida do filho)
se encontrar no universo
a uma distância
da qual o pai ('o sujeito
contemplante') poderia
abarcar num só olhar
ele inteiro
do início ao fim*".

Pois se não for assim
(e isso acrescento eu),
o sujeito contemplante
vai virar,
de uma só vez,
um bloco
de lignito
(que também chamam, e eu abono,
de "carbono").

ANOTADOR DOS ANAIS DA CIDADE: Agora, dia após dia, o andar desse caminhante se torna mais obstinado. Por momentos parece, Vossa Alteza, que uma força inominada paira em torno da cidade, envolvendo-a, e como alguém a chupar um ovo por um furinho em sua casca ela suga essas e outras pessoas, de dentro de cozinhas e praças e píeres e camas. (E será verdadeiro o boato estrondoso, estonteante, Vossa Alteza, de que até mesmo das câmaras de um palácio?)

Também a mulher no alto do campanário — de vez em quando levanto meus olhos e a vejo lá, entre as nuvens, a trança

desfeita e o cabelo prateado esvoaçando para todos os lados —
também ela às vezes tem de se segurar com as duas mãos na
coluna do campanário, para não ser arrastada nessa cega tempestade. Agora, por exemplo, sua boca está aberta, e não sei se está
gritando em silêncio, ou engolindo avidamente palavras que lhe
assomam e vêm —

O CAMINHANTE:
Como quando o feto emerge do útero
e do corpo da mãe,
sua morte fez de mim um pai
que não
fui jamais —
abriu
em mim um rasgo, uma ferida
e um vácuo, mas também me preencheu
de sua essência,
que desde então em abundância
irrompeu em mim,
nunca houve uma vivência
como tal —
mortal, pois, ao morrer,
ele me fez
capaz
de o conceber.

Sua morte
fez de mim uma pele decídua
e vazia de pai, e também
de mãe —
e sua morte me desnudou
um seio

para um lactente ausente,
e nas paredes de meu útero que
se entalhou no dia aquele
sua morte riscou com as unhas
de um prisioneiro fugitivo
a contagem dos dias
sem ele.

Sim, com um cinzel transparente,
sua morte
gravou, como é mister:
o enlutado
será sempre
uma mulher.

ANOTADOR DOS ANAIS DA CIDADE: E na noite do dia seguinte, eu e minha mulher estamos novamente em nosso passeio de sempre. Por entre as casas da cidade avistamos de vez em quando a pequena caravana que percorre as colinas, na linha do horizonte.

MULHER DO ANOTADOR DOS ANAIS DA CIDADE: Nos últimos dias tenho a impressão de que sobre suas cabeças, no ar, há uns lampejos assim, avermelhados, como uma corrente de brasas flutuando acima deles...

ANOTADOR DOS ANAIS DA CIDADE: Como de costume, é ela quem determina o ritmo da caminhada. Quando ela se detém, eu também paro onde estou. Às vezes, quando ela está absorta em seus pensamentos, eu tenho de entrar em um dos quintais e me agachar atrás de uma cerca, rezando para que não haja ali um cão. Neste momento ela está contemplando longamente as estranhas brasas, e eu, como sempre, estou contemplando *ela*. A diáfana luz da Lua cai sobre seu rosto. Ela já foi tão bonita. É bonita agora também.

Quando chegamos finalmente a sua casa, ela abre a porta, mas esta noite, ao contrário do habitual, se detém na entrada, vira-se em minha direção e olha dentro da escuridão, como se adivinhasse onde exatamente eu me escondo. Sinto o sopro que vem da casa chegar até mim, e ele é morno e oloroso. Ela abraça seu corpo com as mãos e suspira baixinho. Pode ser que eu esteja enganado, mas talvez seja seu jeito de me dizer que gostaria de se atirar sobre mim aos gritos, com os dentes arreganhados, me bater com punhos raivosos, arrancar minha pele com suas unhas.

Ela fecha a porta lentamente. Recolhe-se em sua casa. Ergo os olhos para as colinas.

    O CAMINHANTE:
    E ele mesmo,
    ele está morto,
    isso eu já sei,
    já sei dizer — embora
    sempre num sussurro — "o menino
    está morto", eu compreendo,
    quase,
    o sentido
    desses sons —
    o menino
    está morto,
    reconheço com isso,
    nessas
    palavras, a
    verdade, ele está morto,

eu sei, sim.
Eu reconheço, ele
está morto, mas
sua morte —
sua morte
se avoluma
e atenua
e tempestua,
não
é quieta
sua morte,
é muito
in
quieta.

VELHO PROFESSOR DE MATEMÁTICA: ... com base em minhas observações eu creio, meu rapaz, que só pessoas de um certo tipo podem percebê-lo, o fogo ardente. É assim que eu chamo, comigo mesmo, essas brasas misteriosas.

ANOTADOR DOS ANAIS DA CIDADE: Eu o encontro novamente por acaso, esta noite, às três da madrugada. Desta vez não está escrevendo exercícios no muro: cansado, quase exausto, no escuro, está sentado no banco de rua sobre o qual eu havia dormitado. Depois de alguns momentos em que ficamos os dois constrangidos, e depois que consigo fazê-lo lembrar, finalmente, que fui seu aluno na primeira série, e que na aula dele encontrei a menina que viria a ser minha mulher, subimos os dois no banco e por algum tempo contemplamos o fenômeno.

VELHO PROFESSOR DE MATEMÁTICA: Meu coração me diz, meu jovem, que, no momento em que Adam percebe o fogo ardente, é seu destino levantar-se e ir até ele.

ANOTADOR DOS ANAIS DA CIDADE: Enquanto fala, seus grandes pés estremecem, fazendo tremer o banco de madeira. Também meus pequenos pés ficam de repente inquietos. Falo com ele de coração. Digo que houve uma vez um tempo no mundo em que minha filha não existia nele. Ainda não existia. E também não existia a alegria que ela me trouxe, e não existiam esses sofrimentos. E eu quero que ele me olhe com aquele seu olhar vago, confuso, no qual tudo é possível. E que de novo me chame à parede de uma casa e me passe um interminável exame de soma e subtração. Penso: quem sabe ele também sonha em voltar a ser um jovem e ingênuo professor? E quem sabe chamo minha mulher até aqui para juntos formarmos uma pequena turma que não saberá o que é tristeza? E já começo a cantarolar o "dois e dois são quatro", mas ele pula de repente do banco — me admiro de quão ágil ele ainda é — e fica ali um instante, olhando para seus pés agitados, depois estende as mãos para mim numa desculpa, vira-se e se afasta murmurando para si mesmo —

VELHO PROFESSOR DE MATEMÁTICA:
Eu vou cair,
agora vou cair?
Não caio, é minha sina.
Eis a sombra fina
e rala da neblina,
e o frio
sobe
da escura ravina —
agora,
agora
cairei —

MULHER DO ANOTADOR DOS ANAIS DA CIDADE:
Eis que agora

vai terminar meu coração —
e não
termina —
eis a sombra fina
da neblina —
agora?
Agora cairei?

ANOTADOR DOS ANAIS DA CIDADE: E ela se foi! Foi embora! De repente apareceu a meu lado na rua, saindo da escuridão, e de repente também se foi e se afastou de mim, sem ter sequer me visto, andando como uma sonâmbula atrás do professor. Deito imediatamente no banco e me encolho com toda a minha força. Estou com muito frio. Tento adormecer. Não adormeço. Não sei o que vou fazer hoje comigo mesmo, e o sol ainda nem nasceu. A cidade está deserta de fazer medo. Eu vagueio pelas ruas. Não há ninguém. Corro para o cais, vasculho pilhas de redes fedorentas e de algas secas — não há ninguém. Para onde irei? Lá, nas colinas, as pequenas brasas cintilam esta noite como se em cada uma delas batesse um coração. Num pátio escuro na extremidade do mercado está um velho burro cinzento, comendo de uma manjedoura. Aproximo meu rosto de sua pelagem, nela esfrego minha boca. Para minha surpresa ela é macia, ainda mais macia que o cabelo do Centauro. Será que as coisas no mundo se tornaram mais macias em minha ausência? O burro para de mastigar. Ele me espera. Sobre aquilo que aconteceu com ela, com minha filha, sou proibido de falar seja com quem for — explico para ele — e para dizer a verdade me é proibido até mesmo lembrar dela, apesar de nem sempre eu resistir a isso, principalmente desde que aquele homem começou a andar em volta da cidade. O burro vira sua cabeça para mim. Seu olhar é inteligente e cético. Sim, sim, eu sussurro, nem mesmo me lembrar dela, imagine só. Ele mexe as orelhas com espanto. É o duque, eu digo, abraçando seu pescoço, foi ele quem me ordenou, num despacho ducal, abandonar minha casa, andar dia e noite pelas ruas e anotar as histórias que as pessoas da cidade contam sobre seus filhos. E foi ele também quem me proibiu — numa ordem expressa! — lembrar-me dela, da minha filha. Sim, logo depois que aconteceu ele me deu essa ordem, depois que ela se afogou, quer dizer, minha filha, Chana, afogou-se diante de meus olhos, no lago, e eu não consegui, ouça, havia ondas muito altas, gigantescas, e eu não... o que poderia...

Você não acredita em mim. Você move as orelhas com descrença, até as cruza, como se descartasse a possibilidade... Sei exatamente o que está pensando agora: *O duque? Nosso bom e gentil duque? Não pode ser!* Todos na cidade pensam assim, e para dizer a verdade, eu às vezes também penso assim. Pois talvez você também tenha ouvido, aqui e ali, que uma vez já fomos bons amigos, eu e o duque, amigos de corpo e alma de verdade, sim, eu fui seu bobo da corte, durante vinte anos, até me acontecer a tragédia, seu bobo preferido e por ele amado... e pensar que exatamente ele, exatamente ele me deu uma ordem tão terrível... como pôde sequer pensar numa coisa assim?

Meus lábios de repente estão trêmulos, e o burro inclina a cabeça e os fita atentamente. Temo que leia neles palavras que prefiro guardar para mim mesmo, ou que, segundo a ordem ducal, sou proibido de pronunciar até se estou sozinho, e mesmo de lembrar, ainda que só por alusão, só por uma palavra, ou de pensar em quem ela seria hoje, se apenas pudesse estar aqui. Não imaginá-la de nenhum modo, e não sonhar com sua imagem. Também foram proibidas as saudades, os anelos etc. Ou palpitações súbitas do coração, ou contrações de intestinos a se revolverem, e nisso está incluído qualquer tipo de lamentação, desde o pranto até um leve soluçar durante o sono. Sou um

ser desmemoriado, burro, abstinente de minha filha, prisioneiro
numa pequena e isolada cela na prisão de meu espírito, como no
poema que lemos uma vez juntos, o duque e eu, "*Minha vida,
que amava o sol e a lua, parece algo que não aconteceu*".

SAPATEIRO:
Do que havia
de mim —
só restou
o movimento, só isso
posso hoje lhe ofertar,
minha filha,
só o movimento
a se esgueirar
no silêncio
em que você
está confinada, só isso,
só assim saberei
hoje, minha filha,
ser para você
um pai —

PARTEIRA:
Eu estava na janela,
minha filha, de noite,
sozinha, a me
esvair. Como
num sonho ouvi
uma v-v-voz
distante me dizer
subitamente, em minha língua: *Só isso,
minha filha, só assim hoje*

*saberei ser para você
um pai.*
S-sab-sabia: é
o sinal, s-saí
de casa, fui para
as colinas, fechei
os olhos, apaguei
o olhar, deixei o fogo ardente
me levar.
*Só assim
hoje saberei ser
para você
um pai* — apressei-me
corri para ele
para o homem
pe-pesado,
lento, indolente
que falou
em minha língua
de repente.

ANOTADOR DOS ANAIS DA CIDADE: Eles caminham pelas colinas, e eu atrás deles, numa corrida ininterrupta entre eles e a cidade. Eles gemem, tropeçam e se erguem, um se segurando no outro, carregando com eles os que dormem, adormecendo eles mesmos, noites, dias, dando mais e mais voltas à cidade, na chuva e no frio e no sol ardente. Quem sabe até quando vão caminhar e o que vai acontecer com eles quando despertarem de sua loucura. O duque, por exemplo, quem poderia acreditar, caminha ombro a ombro com a cerzidora de redes, e mais de uma vez nele se enredam as redes esvoaçantes. E o velho professor, com o fino e branco halo de seu cabelo, caminha com agilidade,

como sempre, pulando de pé em pé e movendo a cabeça para
os lados numa curiosidade imensa, mesmo quando dorme. E o
sapateiro e a parteira, de mãos dadas, caminham com os olhos fortemente cerrados, como se guiados por uma obstinada decisão.
E na extremidade dessa curta procissão, minha mulher, se arrastando em suas pernas pesadas e respirando com esforço, a cabeça pendendo sobre o peito e sem ninguém a segurar sua mão.

DUQUE:
Ao caminhar, sonolento,
uma visão em mim cintila, de um sonho o fragmento:
uma terra árida, estéril, frio vento
e bruma, e um agônico lamento
varando a superfície
do deserto —

PARTEIRA:
E ali, a f-forma
de um p-penedio
montanhoso, redondo, escorregadio,
e dentro de um sonho, ou m-meio
desperta, digo a mim mesma
o-olha, mulher,
essa é a coisa, isso é tudo,
a solução da grande charada,
a sagrada,
e mais do que isso
não há,
além disso
não há nada.

SAPATEIRO:
Uma montanha-medula

escalvada,
de aspecto terrível,
palpita talvez
uma vez
em mil
anos —

MULHER DO ANOTADOR DOS ANAIS DA CIDADE:
É a medula do universo,
fria, gelada
ela é. E ele,
o lamento,
não é dela que
vem. Ele
é o caos, somente o caos
surdo e mudo,
indiferente a tudo
ele é, e vazio
de lamento,
de qualquer pensamento,
e nele não há
resposta, amor ou
sentimento —

DUQUE:
E você, pegue
uma enxada e prepare um canteiro,
e nele plante uma luminária, um travesseiro,
e uma carta, de um rosto amado o retrato
e meias grossas, e um prato
depois, e luvas e uma pasta, e um lápis
talvez, e um pincel, e um livro aberto

ou dois, e um par de óculos
bons, para que possa
enxergar de longe
e enxergar de perto.

ANOTADOR DOS ANAIS DA CIDADE: Conte-me sobre o cavalo de pau.

CENTAURO: Você outra vez? Nunca vai se calar?

ANOTADOR DOS ANAIS DA CIDADE: Conte-me sobre a bola de futebol, sobre o chapéu de caubói. Conte-me sobre os aniversários, sobre a varinha mágica, sobre a pipa azul —

CENTAURO: Você está me torturando.

ANOTADOR DOS ANAIS DA CIDADE: Conte sobre o barquinho de brinquedo.

CENTAURO: Ferro-velho! Cascas de recordações!

ANOTADOR DOS ANAIS DA CIDADE: Conte-me ao menos algo sobre o berço.

CENTAURO: E que tal, para variar, você contar algo sobre você mesmo? Já há algumas semanas você vem até aqui dez vezes por dia para me interrogar, me revirar ao avesso como uma luva, e você mesmo — nada! Funcionário! Cumpridor de ordens! Escondendo-se por trás do despacho do duque, que qualquer imbecil pode ver a olho nu que é forjado, ainda mais com essa figura ridícula do duque, com a coroa, realmente! Você podia se esforçar um pouco, até um menino do jardim de infância desenha melhor do que você!

Está bem. Entendi. Eu também sei ficar calado. Veja, estou calado. Pedra. Esfinge. Você também, aliás, não está com muito bom aspecto nestes últimos dias, mas eu definitivamente estou descarrilando, isso sim, não é difícil perceber. O que está acabando comigo é essa luta com ele, maldito seja. Veja, estou reconhecendo isso. E essa coisa idiota que me aconteceu com esta mesa, ahn? Com certeza você ouviu as histórias a meu respeito que circulam pela cidade, ahn? Só isso bastaria para você parar de me importunar com suas besteiras... Você não tem pena de um pobre centauro? E ainda por cima enlutado? Venha, olhe para mim, não, sério, suba aqui na janela, com as duas mãos, não tenha medo! O que mais eu lhe poderia fazer que você já não fez a si mesmo...
E então? Bonito, não? Estético. Alguma vez você viu um híbrido como esse, uma maldição como essa? Metade-escritor-metade-escrivaninha? É isso. Já pode descer. *Finita la tragedia*. O que diz você? Encantador, hein? Eu não lhe disse que não há prazer maior do que o inferno dos outros?

ANOTADOR DOS ANAIS DA CIDADE: Seu filho um dia se deitou nesse berço.

CENTAURO: E agora ele tem outro berço.

ANOTADOR DOS ANAIS DA CIDADE: Ajude-me, Centauro. Essas pilhas que você tem aí estão me deixando louco.

CENTAURO: Eu nunca mais sairei daqui.

ANOTADOR DOS ANAIS DA CIDADE: Há treze anos eu perdi minha filha.

CENTAURO: Nestes últimos dias, quando você já era um espinho em meu traseiro, comecei a adivinhar algo assim.

ANOTADOR DOS ANAIS DA CIDADE: Não posso falar sobre ela.

CENTAURO:
Eu fiz este berço
com minhas duas mãos. No dia em que ele
nasceu, com madeira
de carvalho. Minha mulher desenhou
os dois patos. Como ficou bonito
seu desenho. Era uma mulher
tranquila e delicada. E ela me abandonou,
três anos depois do filho. Eu também,
se apenas pudesse, abandonaria
a mim mesmo. Adam, era seu nome.
Adam. Eu o pus
no berço assim que
nasceu. Ele ficou
de olhos abertos, olhou
para mim como a me estudar
com seu olhar.
Era tão sério! Em toda a sua vida
foi assim. Em toda a sua curta
vida. Sério e também
solitário, um pouco. Amigos
quase não tinha. E gostava de ouvir
historinhas. E delas
criávamos alegorias,
ele e eu, fantasias,
e máscaras. Você perguntou
sobre o berço. Minha mulher

o forrou com panos
macios, mas adormecer
ele só queria
comigo, neste meu
peito. Num tal aconchego, de repente
eu me lembro, não ria,
do som especial que eu fazia
para adormecê-lo em mim, um murmúrio,
um canto, tranquilo, profundo, um augúrio,
um acalanto, hmmmm...
hmmmm...

ANOTADOR DOS ANAIS DA CIDADE: Perdão, excelência, importa-se se eu também...

CENTAURO: Pelo contrário... hmmmm...

ANOTADOR DOS ANAIS DA CIDADE: Hmmmm...

CENTAURO E ANOTADOR DOS ANAIS DA CIDADE: Hmmmm...

O CAMINHANTE:
Caminho, caminho,
nem desperto nem
dormindo, caminho
e me esvazio
de meus pensamentos,
de meus arrebatamentos,
de meus sofrimentos, de meu ardor,
de meus segredos,
do meu aguerrimento,
de tudo que seja eu —

me olhe, meu filho,
e eis que não estou.
Só um projeto de vida eu sou,
que chama você, para vir,
e por meio de mim existir —
acontecer, e mesmo que somente
por um instante, de novo se unir
ao existente.
Venha, sem mais demora,
seja,
não estou aqui agora,
a casa é sua
mobiliada com todos os órgãos,
jorre para dentro deles e se integre,
o sangue agora é seu sangue e os músculos
são seus músculos, venha,
ganhe existência,
estenda seus braços
de uma ponta a outra do mundo,
ria de dentro de minha garganta, grite, se agite
e faça bobagem,
por breve instante tudo agora é possível,
tudo agora é *sim*,
ame, se inflame, deseje,
transe, enfim,
meus cinco sentidos famintos estão
a suas ordens como cinco
garanhões espumantes,
pateando, pateando
para galopar
até o seu fim, meu menino —
não pare,

seu tempo é curto, contado,
e minhas pálpebras já começam
a estremecer,
dentro de um instante voltarei para casa,
mais um momento e minha pupila se contrairá
ante a lógica estrita. Depressa, prove
de tudo, apresse, seja profundo,
triste,
resoluto, gentil, grite,
estremeça de prazer e de esforço,
meu prazer é seu, e também minha força —
encante, faça fluir sua alma,
seja o impulso de quem semeia,
torrente de cereais em grão
e de moedas de ouro a jorrar
como a luz —
seja repleto como uma teta,
e forte
como o meio-dia, e também se enfureça,
ferva, cerre a mão sobre o punho até
incharem as artérias em seu pescoço,
e palpitante seja, como um coração, uma garota,
seja aberto, de fina pele, iluminado
na esplendorosa claridade
do que só acontece uma vez,
quebradiço e intacto, efêmero
seja você na eternidade.
    E sendo assim, interrompa de repente sua corrida, respire,
aspire, sinta o ar queimar em seus pulmões, passe a língua em
seu lábio superior, prove o sal de um suor sadio, o prurido da vida, e agora diga de boca cheia: eu — (inferno, agora eu percebo:
    este pronome também

se perdeu e morreu
com você, e para mim você deixou
somente o "ele", "você", "nós"
e ninguém mais
vai dizer "eu"
com sua voz. Isso também, isso também.)
Mas depressa, meu filho,
a aurora já desponta, o encanto
logo vai esvaecer; ame,
e mesmo se for traído,
mesmo se provar o veneno
da humilhação, ame,
tenha coragem, mas seja também covarde,
seja tudo, toque na derrota,
no fracasso, magoe também,
desaponte
e minta —
depressa, meu filho, passe por tudo isso,
só há tempo para um leve roçar,
tão curto o decorrer de uma ilusão
assim, mas você vai tocar, acariciar
um corpo quente, uma mulher,
opulência de seios em suas mãos,
cabeça de um menino que nasceu,
que você não teve.
Depressa, depressa, eis a primeira faixa
de luz —
veja o mundo, Nova York que você não viu,
Paris, Tananarive, tantas faces
tem o mundo
que vive —

não, não, pare —
já é tarde,
volte
para seu descanso,
depressa,
o escurecimento,
o esquecimento,
só não veja
com meus próprios olhos
o que aconteceu
a você.

OS CAMINHANTES:
Nossos pés
lentamente se destacam
da terra leves
leves
flutuamos
entre lá e cá entre a lucidez
e o sono mais um breve instante
o fio
será cortado e então poderemos pairar
e olhar
para tudo que é possível
tudo que é permitido
ver
somente quando se anda
dentro
de um sonho

ANOTADOR DOS ANAIS DA CIDADE: Dormem... Já há alguns dias eles dormem quase o tempo todo, como se adormecessem a si mesmos... dormem e andam, falam um com o outro em seu sonho, as cabeças apoiadas em quem anda ao lado e eu não sei quem carrega quem e de onde vem a força que os faz andar —

DUQUE:
... Às vezes, quando estou
sozinho, em minha alcova,
descalço os dois sapatos
e olho para
meus pés, e penso
que são
ele.

VELHO PROFESSOR DE MATEMÁTICA:
Eu bati
nele. Ele era
um rapaz teimoso, e atrevido,
e já quando criança
tinha ideias
estranhas, e eu — quem poupa
sua vara odeia
seu filho — fui
obrigado
a bater nele. E quando ergueu
a mão defendendo
o rosto, eu
lhe bati
na barriga.

O CAMINHANTE:
Mas onde você está, por que não responde,

só isso me diga, meu filho,
eu simplesmente pergunto
onde?
Ou como um discípulo ante seu mestre
(pois isso eu vislumbro agora
muitas vezes em seu rosto),
eu peço, vamos, me ensine,
como uma vez, não faz muito tempo,
eu ensinei a você
o mundo
e seus segredos,
e desculpe se minha pergunta
é boba, um tanto vaga, mas
não se apaga
pois há cinco anos me devora a alma
como uma chaga:
o que é a morte, meu filho?
O que
é
a morte?

PARTEIRA:
A morte é grande e definitiva,
minha filha, sua força
não tem l-limite, a morte
é et-t-terna,
imortal, e a sua,
pequena, e uma só,
está dentro dela —

SAPATEIRO:
Na verdade eu queria

perguntar, como é,
minha filha, quando a gente morre.
E como está você
lá.
E quem é você
lá.

DUQUE:
É uma ideia incrível, meu filho, mas
e se agora você sabe
muito mais do que eu?
Talvez um mundo novo,
maravilhoso,
arrebate você em seu voo,
e no ruflar de sua poderosa asa
estenda a você
sua infinitude, assim como
nosso mundo aqui destilou
então sua abundância
em sua alma, uma alma
juvenil
e pura. De repente
a sua frente
eu me sinto
tão jovem, tão pueril —

ANOTADOR DOS ANAIS DA CIDADE: De vez em quando por eles passa um tremor, em todos, um após outro, como se uma mão invisível deslizasse uma carícia ao longo da espinha daquela pequena caravana, detendo-se um pouco sobre a cabeça de cada um deles. Eles, em seu sono, se empertigam para ela como pintinhos cegos ao ouvir a voz da mãe, e através de suas pálpebras seus olhos brilham.

PARTEIRA:
Eu a vejo
a pular e dançar na cozinha
antes de ficar
doente, quando ainda
tinha forças. E o p-pai
dela, meu homem, meu amado,
meu sapateiro, se ajoelha
ante ela e faz
de suas mãos sapatos
para os pés dela.

SAPATEIRO:
Estou sonhando?
Meu Deus, veja
como ela
quase
não mais
gagueja!

PARTEIRA:
... e ele a leva
pela casa nos sapatos
de suas mãos, e ri
até quase o teto voar, e ela
abraça seu pescoço
a gargalhar, só agora aprendeu
a falar, você
lembra, apenas começa a dizer
as primeiras
palavras dela.
p-pai,

m-mãe
li-li-li-Lili.

SAPATEIRO:
Lilizinha,
Lilizinha,
mi-mi-minha.

OS CAMINHANTES:
*Caminhantes, é impossível,
impossível ficar parado.
O corpo não o permite. As pernas
fraquejam, minha respiração
é curta, e o corpo assim mesmo
não concorda em parar e empurra
de dentro, adiante... É como
ir a um doce
encontro, não é, senhora
anotadora dos anais? Verdade,
senhora na rede, é como
um encontro
com o ser amado.*

O CAMINHANTE:
Este buraco,
esta ausência
que só a morte
como tal engendra —
que não é
desaparecimento
ou término
ou nada.

Onde há também um último
lugar, escancarado,
como fresta de janela,
onde ainda respira
o ausente, ainda não consolidado,
se debatendo, no qual se pode
tocar *aqui*
e ainda, quase, sentir,
o calor da mão que toca
ali —
e este é o limiar, a última
linha comum entre lá
e cá, e só até ela,
não mais, pode
chegar vivo o vivente,
e lá, talvez, sentir ainda
o fim de seu fim,
ainda um sinal, a finda
brasa ardente
que se esvai
se apaga e extingue
no morrente.

VELHO PROFESSOR DE MATEMÁTICA:
Você tanto se tornou sua morte,
que às vezes penso
(perdão, estou cruzando alguma linha?
Melhor calar? Perguntar? Não sei
se você sabe, meu filho, sou um pouco
um homem de maneiras, e de repente não estou certo
de como devo tratar você... Melhor em segunda pessoa?)
Mas diga, fale claro

e não me poupe; assim,
se lhe permitissem, *eles*,
lá —
se lhe deixassem
escolher —
você voltaria?
Voltaria para cá?
Para mim?

DUQUE:
Ou, como no poema de Rilke
sobre Eurídice,
você está todo entregue, meu filho, à morte
nova, que o preenche,
"*qual fruto cheio de dulçor e treva*"?
E somente eu,
Orfeu
maçante cheio de saudade,
arrasto você
para cá,
contra sua vontade?

VELHO PROFESSOR DE MATEMÁTICA:
Mais uma só, permite?
(perguntar a quem mais
senão você, meu mestre
em mistérios tais) —
Diga-me só que coisa é essa
em nós, a vida,
por cuja trama
nós sabemos
estar completamente mortos

num rompante, no mesmo instante
em que morremos. E desistimos
de tudo, e somos desistidos,
como uma lei das profundezas,
que nos tocaia sempre, dentro
de nós mesmos, e de uma vez emerge
e sobe como um vulto
escuro dos abismos: nós ainda empoeirados
em volta dos destroços
já ela assume o seu lugar
toda orgulhosa, na euforia
da anfitriã de um tempo ido,
e seu olhar petrificado, do qual
não escapa nada, mas também
enceguecido, proclama
em triunfo
num fio de sorriso, aberto —
"*A morte, meus amigos,
é que é o certo!*"

OS CAMINHANTES:
Ao encontrá-los... o que lhes dizer
ao encontrá-los? *Eu, meus senhores,
já decidi: não
lhe falarei de seu irmão, do filho que
tive depois dele. No quarto dela
troquei todos
os retratos. Não
aguentávamos mais. Eu,
por fim, a alma nua,
dei seu cão
a um menino
na rua.*

(silêncio)

O CAMINHANTE:
E após algum tempo,
o que quer que eu faça, você
se petrifica,
e mais e mais uma vez
eu tenho de entalhar
você
das crostas
de pedra em que você
se funde, e eu preciso
muito me esforçar
para querer, sim —
desentranhar
da mesma forma a mim,
lutar —
enquanto todo o meu ser
proclama, pare, melhor assim,
deixe a natureza
humana decidir
o que permite, você já tem
de aceitar dele
o destino, você precisa
respeitar o seu limite — — —
Então, logo eu suspeito
de mim mesmo: talvez no íntimo
eu já deseje que você
se petrifique?
Que pare de sangrar.
Que não esteja
tão desperto e afiado,

e temperado
morto-eternizado.

Mas não menos doloroso
é quando eu consigo:
quando uma força imaginária
irrompe até que o bloco
de pedra se rompe, se esfarela,
se desprende e cai em volta de você,
e então de repente —
eis você:
desnudo,
esplendoroso, a brilhar
dentro da pedra, ou mesmo
sem brilhar, só de pé e relaxado
e em paz, olhando para cá
e para lá, embaraçado, sem saber
que eu olho para você: presente,
tão presente,
e não descumpre, e não
promete, só palpita
com relaxada placidez
o pulsar de sua existência. E quente
na medida certa,
e vivo —
de enlouquecer.

OS CAMINHANTES:
Quando nos encontrarmos, se
nos encontrarmos,
que direi a ele? Que
direi a ela? Vocês

acham que souberam?
Souberam o quê? Que
morreram.

DUQUE:
Ele morreu em agosto, e quando chegou
o fim
daquele mês,
pensava eu o tempo todo, como poderei
passar a setembro
se ele fica
em agosto?

OS CAMINHANTES:
Será que só vamos parar
diante deles, quando nos encontrarmos,
sem dizer
palavra? Talvez ele
me diga que agora compreende
que foi só
para o seu bem
que eu lhe bati?
Talvez eu cante
para ela a canção
que cantava quando era
um bebê? Só finalmente
lá chegar, meu Deus. Tenho medo
de que ele
me seja estranho. Só estar
com ela. "Toda
noite a lua vê, enfim,
as flores que brotaram

*no jardim..." Só
estar lá
com ela. Só
estar. Tomara
eu pudesse lhe levar,
como resgate, um pouco
de sopa de tomate.*

O CAMINHANTE: Não, não... não pode ser, não pode ser —

OS CAMINHANTES: *Não pode ser, não pode ser —*

O CAMINHANTE: Não pode ser que estas palavras estejam corretas —

OS CAMINHANTES: *Não pode ser, não pode ser —*

MULHER DENTRO DA REDE: Que eu tenha visto como jogavam meu filho dentro de um buraco na terra —

PARTEIRA: Tach, tach, tach — o som da enxada que cava a terra —

OS CAMINHANTES: *Não pode ser que essas palavras estejam corretas, não pode ser que elas sejam verdade —*

O CAMINHANTE: Simplesmente não pode ser.

PARTEIRA: Queimar! Queimar essas palavras! Queimar essas falas malditas!

OS CAMINHANTES:
Olhamos para cima, soubemos

*logo para onde olhar, para o fogo, o pequeno
fogo, o fogo
perene, de dia e de noite caminha
conosco, já nos acostumamos, eu,
meus caros, o chamo: o fogo ardente.
Esqueça. São apenas pequenas brasas,
doces, não mais,
não mais, olhe o fogo, por dentro, está
vivo, como um vivente — — —
Não se movam, esperem, não
o irritem, ele se abre,
estranho, agora
se distende, lentamente
estende as mãos, braços
compridos, meu Deus, o que
é isso,
dedos estendidos —*

  MULHER DENTRO DA REDE: Na terra! Na terra apodrece seu doce corpo!

OS CAMINHANTES:
*O ar estremeceu com um grito, as mãos
do fogo se crisparam, imóveis um instante num torrão
brilhante, ardente, e então voltaram
a vertiginar, a florescer como uma flor
selvagem, para súbito explodir
lá em cima, torrente de fogo crepitante, a crescer
em erupção, sobre nossas cabeças
os dedos se abriram, linhas
de fogo jorraram,
romperam sombras,*

visões de repente
como chicote estalaram, saltaram, capturaram
quem,
as palavras —
As palavras? As palavras
malditas,
todos os não-pode-ser
foram tragados, engolidos
pelo fogo, tudo queimou
na chama, soltamos
um grito
aflito, uma labareda
amarela e negra
se elevou de nosso imo,
escapamos —
paramos —
gritamos —
gelamos —
e ele — labaredas,
leoas,
dragões,
serpentes, juramos
calar
e gritamos,
vomitamos
mistura de palavras, palavras
terríveis, não pode
ser, não
pode
ser, e ele —
se avoluma, crepitante,
o fogo como uma roda atrás de nós

se incendeia, e já
dentro de nós seus olhos vermelhos
e negros se abrem
e perscrutam, línguas
ardentes, que venha,
que queime, palavras
malditas capture
no ar, carbonize
lembranças, quadros
que durante anos não ousamos
contemplar, que coma, devore, fogo
imenso, engolindo
crestando, as
vísceras
consumindo,
ai, latimos, uivamos
ao fogo desvairado, tudo, leve
tudo, queime até
as cinzas, ai,
sufocamos na borralha
das palavras, na fornalha
das palavras —

exaustos,
vazios estamos
e fraquejamos, rostos
enegrecidos, e ele —

finalmente esfria
e silencia,
silêncio, a tênue chama
se apaga, bem nutrida

shhhh...
e adormecida

(silêncio)

O quê, o que foi?
Sonhei? Estava
dormitando? Olhem
para mim! Estou
respirando! E uma leveza
tal tão de repente
nos membros, o corpo
como a flutuar
no ar... Diga,
senhora, estou
morto? Estou vivo?
E o seu rosto,
mulher, toque, toque
em mim, estranho, está
liso, como
era
antes —

Eu quero —
eu quero —
eu
quero, queremos
despertar,
despertar
disso,
despertar
para a luz eu

quero, mergulhar
banhar-me
todo em luz —

Vocês,
vocês aí —
que não escutam — que não
respondem —
que esmagam
nosso coração — que sugam
nosso sangue — mamam de nós
cada gota de vida — cobram
o imposto — imposto sobre o frio
de vocês — sobre todo momento de riso —
de luz — olvido —
distração — vocês — em cuja voz toda palavra
que dizemos aqui a nós é logo
sussurrada de volta — de lá —

e por quê? — Pensaram nisso? — Por que
afinal vocês viraram mortos? — E como
não se cuidaram? — Não se cuidaram como nós —
e por que se foram, e pegaram essa doença que em vocês
se aferra? — E para a guerra,
por que foram para a guerra? —
e para as ondas —
e para a navalha —

e como é que vocês
estão mortos, e nós
conseguimos
ficar vivos? — Pensaram alguma vez

no que isso quer dizer? — Que talvez não por acaso
vocês estão aí
e nós aqui? — E que talvez vocês
tenham feito algo
para estarem a-a-assim?
Querem saber? Nós nem
queremos nos atribular
com tais pensamentos! — Sequer queremos
pensar em vocês! — Já pensamos demais
em vocês! — Já pensamos demais
em geral! — Antes de isso me acontecer
eu nem sabia que existiam
tantos pensamentos! — Ahhh,
quantos anos, meu Deus — quantas lágrimas —
então peguem — peguem — peguem o pacote
de seus ossos — e saiam — saiam de nossa
vida — ouviram? da v-v-v-ida! —
Vocês,
vocês aí —
tomara
que morram!

MULHER NO ALTO DO CAMPANÁRIO:
Caiu
o silêncio.
A cidade
distante emudeceu.
Como se também
lá
deixassem
de respirar.

O CAMINHANTE: Mas quem sou eu?

SAPATEIRO: Quem é você?

O CAMINHANTE: Acho que eu estava procurando alguma coisa aqui.

MULHER NO ALTO DO CAMPANÁRIO:
E ele foi —
e ele voltou,
e parou, e buscou
nos seus rostos
o que
tinha perdido —
e andou
em círculos
em volta deles
e de repente —
caiu.

O CAMINHANTE: Quem sou eu?

VELHO PROFESSOR DE MATEMÁTICA: *Pardon*, meu senhor, por acaso o senhor lembra quem sou eu?

SAPATEIRO: Diga, senhora, talvez a senhora se lembre —

PARTEIRA: Havia um bebê, e mais um bebê, e mais... todos saíram de mim?

MULHER DENTRO DA REDE: Havia uma casa, havia roupas —

DUQUE: Eu brincava com cavalos... cavaleiros —

MULHER DO ANOTADOR DOS ANAIS DA CIDADE: E você, meu senhor, quem é você?

ANOTADOR DOS ANAIS DA CIDADE: Eu? Eu não... desculpe, senhora, eu não me conheço.

O CAMINHANTE: Quem sou eu?

MULHER NO ALTO DO CAMPANÁRIO (*cantando baixinho*):
Quando eu lhe disser sim,
abrace
o não,
e abrace o que é
nele ausente, e anuncia
sua completude
vazia —

(silêncio)

MULHER NO ALTO DO CAMPANÁRIO:
Lá você não está
mais só,
não está só,
e lá não é
um só,
e nun
ca mais será só
um —

(silêncio)

O CAMINHANTE:

Lá
eu toco
nele?
Bem dentro
dele?
No fundo dele?

MULHER NO ALTO DO CAMPANÁRIO:
E ele,
ele também
tocará
em você de lá
e seu toque —

O CAMINHANTE:
Toque como tal,
mortal, não me tocou mais
ninguém
jamais.

MULHER DENTRO DA REDE:
Duas migalhas de gente
nós fomos,
um me
nino e
sua
mãe —

O CAMINHANTE:
O que devo fazer ainda? Meus pés
quase não
me carregam, e o fio de minha vida

está cada vez mais fino, mais um instante
não mais será. Você tinha razão,
mulher, mais razão do que eu —
não existe *lá*, não existe
lá,
e mesmo se por toda minha vida
eu for para lá
não chegarei lá, não chegarei
vivo. Veja,
passaram-se tantos dias
desde que deixei a casa,
e em vão, e sem propósito, só restou
em mim como uma praga o desejo
de andar mais,
andar —

MULHER NO ALTO DO CAMPANÁRIO:
Triste razão aquela
que tive mais do que você;
e você foi mais sábio do que eu,
ousando mil vezes mais —
levante-se,
vá e se pareça
com ele em tudo que pode
um vivente se parecer
com um morto — sem morrer.
Conceba-o, mas também
o mate, quase.
Seja como ele, como a morte dele,
mas só até
que a sombra de seu fenecer
cubra a sombra da sombra

de você ser —
e lá, meu amado,
entre as sombras
do além,
entre filho e pai,
virá
o descanso
dele
e o seu também.

DUQUE:
Ouça o que ela diz, meu senhor
(súdito meu
que a ninguém
se submeteu), preste atenção:
são críveis as feridas da mulher
que ama. Faça isso, senão —
estará me condenando, condenando
a todos nós,
e de novo não seremos — nós,
toda a caravana — senão
um breve intervalo da morte,
só uma marca tênue, confusa,
no bloco de rocha
obtusa, de cujo corpo
alguma vez nos fez surgir,
como um sinal, um escultor sensato
mas não ousado,
e se ousado, não genial,
e mesmo se genial, certamente não
piedoso —
vá,

inverta a roda do tempo,
conceba-o e com ele
morra, e nasça de dentro
da morte dele —

O CAMINHANTE:
Só o desejo não se apaga
em mim, como uma praga,
como uma chaga —
caminhar, caminhar mais,
e mais —
talvez
em alguma última fronteira
que minha razão não
alcança, eu possa me curvar
e deixar
essa carga pesada, e então
andar para trás um passo,
não mais, uma passada
pequena que abrange o mundo,
aceitação
e constatação: eu
estou aqui,
e ele está
lá,
e a fronteira não desaparecerá
entre aqui e lá.
E assim ficar, e divagar,
e devagar
saber,
e todo eu me impregnar
da ideia

como o sangue emana
da ferida:
que assim é a humana
vida.

OS CAMINHANTES:
E nesse instante, com essas
palavras, o mundo
escureceu: uma sombra
sobre nós desceu
num golpe,
uma muralha.
Uma muralha bloqueia
nossa estrada. Parede
de rocha poderosa
divide, fende
o mundo. Muralha. Ela
aqui não estava antes,
não estava! Mil
vezes circundamos
a cidade, subimos e descemos
essas colinas, até nelas conhecermos
cada pedra e falha
na rocha, e de repente
uma muralha.

Talvez não tenhamos percebido?
Talvez em pleno sono
passamos por ela? Ela não estava
aqui! Então como?
Do céu? Como surgiu assim
do solo?

Agora está aqui, está aqui,
e talvez —
pode ser? É possível? Mas não,
meus senhores, não, a ciência
não ratifica tal premissa! Mas
talvez sim a saudade? Talvez
a ratifique
o desespero?

O frio
súbito se espalha
nos membros. Uma sombra
gelada cai sobre nós,
como um machado destroça
nosso mundo,
como então,
é verdade, como na hora
da calamidade —

e ele,
um só,
que anda,
só ele, se aproxima
da muralha. Passo
a passo, assustado, lasso,
as pernas batidas, fracasso,
avança e falha,
e lhe volta as costas —

MULHER DENTRO DA REDE: Basta! Vou voltar.

DUQUE: Mas ainda não chegamos... Quem sabe *lá* na verdade é bem aqui, minha senhora, atrás dessa muralha?

MULHER DENTRO DA REDE: Ouça o que eu digo, duque, mais longe não chegaremos vivos.

DUQUE: Por favor, não vá.

MULHER DENTRO DA REDE: Deixe-me entender, duque, você me pede ficar?

DUQUE: Quando você está aqui, eu não tenho medo...

MULHER DENTRO DA REDE: Dê-me a mão, meu duque.

OS CAMINHANTES:
E ele, diante da muralha, a cabeça
inclinada, escuta,
ele espera
por uma resposta, para onde, para onde
irá, para onde iremos, ao longo
da muralha? Ou só ficaremos
aqui,
esperando?
Por quem? Pelo quê?
E até quando?

E como sempre lhe acontece, já sabíamos,
as pernas. Um leve tremor
lhe sobe das pernas, o corpo
se contrai, a cabeça lentamente se ergue
e se apruma, ele anda. Ele
vai. Isso é bom, assim
é bom, tudo desperta
para a vida junto

com ele, a perna se ergue
e abaixa, um passo mais
e mais
um passo, ele anda,
anda e pisa, pisa
e calca, ele anda
no mesmo lugar —
no mesmo lugar?! Juro, ele anda
no mesmo lugar, um passo, outro
passo, outro passo, seus olhos
no muro, anda sem
andar, anda a esmo
e sonha, consigo
mesmo ele
anda, dele
para ele mesmo —

O CAMINHANTE:
Vou cair
agora vou cair —
e não caio.
Eis que agora
o coração vai parar —
e não para —

ANOTADOR DOS ANAIS DA CIDADE:
Eis a sombra fina
e rala da neblina,
e o frio
sobe
da escura ravina —
agora,
agora cairei —

OS CAMINHANTES:
*E não
cai
e não
para, anda, caminha junto à muralha, um passo
mais um passo, mais um passo, passa
uma hora, mais uma hora, o sol
se põe e o sol se levanta, grande é a fraqueza
nos membros. As sombras de nossos corpos são tragadas
no escuro, andamos, andamos
para lá —*

*E às vezes parece
que algo nela se move, na muralha,
e respira. Nós, em nossa andança
nada dizemos. Mais do que tudo
temos medo
da esperança. No que nos espera além
da muralha não ousamos pensar. Na hora
da aurora, também no crepúsculo, nossos corpos
se distendem, nos tornamos como gigantes
muito finos, como sombras. E às vezes
dentro de nós paira um corpúsculo
dourado, se apavora com este e salta
para aquele, e também sobre isso não
falamos. Andamos. Angustiados. Adiante,
num calo da rocha, uma aranha tece
teias, estende sua rede, transparente
e tensa —
e nela faz um nicho de repente
e nele se recolhe,
imensa —*

Nossos rostos
se bloqueiam, nossos pés
golpeiam, pisoteiam a terra,
a terra, também uma muralha
encerra. Talvez
o céu também, lá em cima. Andar,
andar ainda, o tempo todo
andar para não sermos esmagados
entre as muralhas. Um passo, mais
um passo, um passo mais, nossos olhos
embaçados enxergam só
corcovas de pedra
rochificada, cicatrizes
de um marrom cinzento,
e a fina rede de uma aranha
a oscilar
ao sopro do vento —

A luz do poente cai sobre a muralha. Por um instante
ela quase é atraente. A luz
é cálida, condolente. Desde o dia em que minha filha
se afogou, eu junto
todo instante de beleza
e caridade, para ela. E eu,
meus amigos,
desde então,
olho cada coisa
bela
duas vezes. Ah, juro,
duque, que também eu
como você sou só um toco, só que eu
não tenho as palavras que você tem

da educação. Mas minha senhora
na rede, você me emociona
tanto toda vez que
fala de seu filho. Bem, meu duque,
é porque magicamente, de repente,
de minha boca saem os poemas. Também comigo
é assim, minha senhora. Quando os escuto
sei também: a poesia
é a língua
de meu luto.

Olhem —
lá — na folha verde. É um milagre ter conseguido
germinar aqui e restar, na rocha
nua e árida. Uma mosca
pousa na folha, limpa
seu corpo, se esfrega, faz brilhar
suas asas transparentes —

Andamos, tensos, olhamos
a mosca como uma charada —
vigorosa, cheia de vida, entusiasmada
ela paira,
de novo pousa, estabanada, mas
que se cuide, certo,
que se proteja daquela, ali
na teia,
que talvez até mesmo
se prepara para
um rendez-vous convosco,
senhora mosca? Ou ela é...
Boboca!

Não —
ela tocou,
a mosca,
com a ponta da asa na teia,
está perdida —

Eis a tragédia, nós o sabemos, logo
sabemos, eis
a tragédia, seus dedos frios
em nossos lábios,
andamos rápido, andamos
forte, fios
se enredam, e ela
luta, tenta
voar, e zumbe
até que o céu
quase se rasga, e sua boca
se abre por completo,
o que quer dizer? O que
aprendeu agora que não
sabia desde o momento
em que nasceu inseto?

E um ou dois dias depois,
no entardecer, num meio-sono
constatamos que nosso passo
mudou. Andamos, marchamos
rápido, a pele
se arrepia, que coisa é essa? A terra, parece,
está mais macia? Se abrindo
em sulcos e crateras?
Os pés

o entendem antes de nós, pisam
na terra, se afundam, colunas
de poeira sobem, as costas se empertigam, os olhos
brilham — — —

Cada um de nós cai de joelhos, baixa
à terra, e nela cava com as mãos
e com os pés, unhas também. Cavamos
depressa, como animais,
e ela freme a esse contato
de nossas mãos. E de repente elas são leves,
flexíveis, os dedos
revolvendo, cava o corpo e a alma inteira
e se empoeira —

ANOTADOR DOS ANAIS DA CIDADE:
Minha mulher,
ela também.
Sua espádua bela,
se mexe, flutua.
No corpo dela,
de dor pesado, se modela
leve e singela
uma figura, que se esgueira
como mariposa
na janela... Por um momento
se detém. Com a mão enxuga a testa.
Ponho minh'alma em minha
mão e sorrio
para ela. Sorri. Mexo
para cima e para baixo
as duas sobrancelhas. Sorri

ainda. Volto
a cavar. Meu coração,
meu coração.

OS CAMINHANTES:
A terra se encurva e se afunda
para nós, como se
esperasse há muito tempo ser cavada, que assim
cavassem, que nela
cavassem pessoas
como nós — finalmente
nos tornamos úteis — e também sentimos
o quanto ela quer, a terra,
que rolemos nela, rejubilemos
nela, que riamos
para dentro dela — só lágrimas
e sangue e suor
derramamos sempre dentro dela. Quando,
diga, quando foi que um homem
riu para
dentro
da terra?

A sombra
da muralha vai
se alongando sobre nós. É dura
e fria a sombra, dentes de ferro
são as sombras que nos rasgam,
e nos atiramos mais ainda
para dentro da terra, a revolvemos,
absorvemos seu calor
e seu alento, e ela — é a mãe

de tudo que vive, e por isso
também a mãe de todo morto, enlutada-viva,
cálida e palpitante em nossas mãos, como a
nos implorar que continuemos,
só
para mais e mais extrair
de seu útero a alegria da juventude
que nela se enterrou, a doçura da infância
que nela se tornou
pó —

CENTAURO:
E eu também, na prisão
de meu quarto, na mesa
de meu corpo maldito, finalmente
escrevi. Como dedos
em terra fofa
escrevi
a história —

OS CAMINHANTES:
O dia se extingue,
ante a muralha nos deitamos
entre as covas
profundas — as cicatrizes,
as marcas que nela deixamos,
na terra. De tempo em tempo se nos esvai
um apressado e trêmulo olhar
para dentro delas —
e o olho
logo se retrai.

E ele, o caminhante, se ergue
do pó e nos contempla, como só
agora, pela primeira vez, para nós
se abrissem seus olhos, azuis, cheios de luz,
e bons. E sorri com afeto
para cada um
de nós, e se parece
também com esse
que cada um de nós
carrega
dentro de si.
E só com os lábios, calado
ele murmura:
obrigado.
E depois ele vai, e uma após uma
ele tira suas roupas, e eis que está
nu. Tão branco, tão singelo
seu corpo, tão
humano e belo.

E desce
ao buraco
que cavou, e deita
de costas, os braços
frouxos, largados,
os olhos
fechados.

Nós nos levantamos,
ficamos de pé. Chegou
a hora, e de repente
é urgente: o sapateiro

e sua mulher ajudam
o velho professor
a descalçar seus sapatos.
A mulher dentro
das redes e seu amigo
duque desfazem,
mão na mão, os dedos
ágeis — ela por dentro,
ele por fora — o emaranhado
que envolve o corpo dela. E o anotador
dos anais e sua mulher se ajudam
um ao outro, calados, a tirar
seus trajes rasgados, os dois
emocionados,
empolgados, e de repente
eles parecem
tão jovens e revigorados.

E assim ressurgimos
despidos,
e nos despedimos
um do outro com um olhar. E de novo
cada um
de nós
está só.
E cada um se estende
em sua vala funda,
e cada um
desce
a sua tumba.

Então,

como um predador
ligeiro e de surpresa
a noite
abocanha sua presa.

CENTAURO:
Só agora eu atento.
Não é seu filho que o pai
incita, não é meu filho
que eu alento
assim, e faço estremecer. A mim mesmo
eu satisfaço
com palavras, fantasias,
com espantalhos,
figuras
coladas com palha
e barro, com o bom senso de um coitado —
para não acabar, petrificado.
Para eu não acabar
petrificado.

É minha alma que é
ceifada
na brancura fria entre palavra
e palavra. Sou
eu
que me debato como uma presa
na garganta
do absoluto.

Por mim mesmo,
só por minh'alma luto

aqui com o que aniquila,
com o que obscurece
e amesquinha.

Toda a minha vida
agora,
minha vida plena
está na ponta
desta pena.

O CAMINHANTE:
Faz-se
silêncio.
Deito-me
na prisão
da solidão:
tristeza
de um homem
na terra.
Das lonjuras rolam
as vozes tranquilas da noite, nuvens
pesadas e baixas sobre mim
sopram, ocultando como um véu
a visão do céu. As paredes
da cova se acercam, se fecham
sobre mim. A terra estuda, sente,
mede, interpela,
avalia: como
me digerir
dentro dela.

MULHER DO ANOTADOR DOS ANAIS DA CIDADE:

Seremos castigados. Tremo
de frio e de medo. Penso:
é proibido
que pessoas façam
uma coisa dessas. Penso
nesse meu bobo querido,
infeliz, deitado
tão perto de mim nessa cama
de terra. E o tempo todo sinto
sangue,
de mim
pinga o sangue, escorre
para dentro da terra, chega
até ele e penetra
em suas artérias, e volta
a mim e se enraíza, é o nosso sangue, pois,
e agora o sangue dela, e é a nós dois
a quem se aferra,
de novo pais,
a concebemos
de sangue e terra.
E fico tonta
e adormecida, e é fácil
de repente, como se o tempo também soltasse
sua mordida. Respiro. Lenta
e lentamente respiro. Não
respirava assim
desde então. Assim não respirei
jamais. Minha alma é aspirada
e volta como numa dança
delicada —

O CAMINHANTE:
Despertei depois
de sonhos confusos
que não lembrei.
O céu se fez
transparente, e a muralha foi
alçada, até parti-lo em dois.
Não ouço meus vizinhos
na terra, e não sei
se estão aqui,
ou se fugiram. Eu tenho
frio, mas as pontas
de meus dedos murmuram e ardem;
e-u não se-rei
al-gum dia,
não se-rei!
E desse não-serei de repente
me vem o sabor
de eu ser. Sei
quão muito
eu fui
em minha vida, até a ponta
dos dedos
eu sei.
É maravilhoso
sabê-lo, lembrar:
quão muito
eu fui,
e quão
muito
não serei.

ANOTADOR DOS ANAIS DA CIDADE:
Tomara esquecesse seu nome,
minha filha, a melodia de seu nome
em minha boca, a doçura que então se espalhava
em todo o meu corpo.
Você era tão pequenina,
mas há tanta coisa sua a relegar no olvido,
e não querer nada que você
tenha tido,
nem mesmo você,
quem quer tenha sido.

DUQUE: Quem está aí? Acho que reconheci a voz de meu bobo.

ANOTADOR DOS ANAIS DA CIDADE: Sim, duque, é este seu servo.

DUQUE: Meu dileto amigo.

ANOTADOR DOS ANAIS DA CIDADE: Muito tempo passou desde então.

DUQUE: Mais de treze anos, desde que você se condenou a esse terrível exílio. Agora fale-me de sua filha.

ANOTADOR DOS ANAIS DA CIDADE: Não posso, senhor. No dia em que aconteceu a tragédia me ordenastes que a esquecesse.

DUQUE: Meu querido amigo, quem mais do que você sabe que tal ordem não poderia sequer ser cogitada por mim. Conte-me sobre ela.

ANOTADOR DOS ANAIS DA CIDADE: Não, não, duque, não posso. Para mim vossa ordem ainda está em vigor!

DUQUE: Então, seu tolo, eu lhe ordeno: *Esqueça-a para mim!*

ANOTADOR DOS ANAIS DA CIDADE:
Esqueço seu cabelo curto e fino.
Esqueço seus dedos róseos, transparentes.
Esqueço que era minha filha mimada e delicada.
Esqueço-me de como ela — —
de como você
se zangava quando eu esquecia e, no prato,
não separava a omelete da salada.
Quando na banheira eu a lavava,
você ria batendo com as mãos na água,
de onde eu a tirava, e embrulhava
seu corpo na toalha macia, e perguntava: que criatura
estranha é esta
que está aqui dentro?

CENTAURO: Meu amigo anotador dos anais fala e fala. Uma fonte de esquecimentos irrompe dele. De minha janela olho para o horizonte. Entre duas colinas vejo a grande e vazia planície onde as covas foram cavadas. No ar, estilhaços de gotas brilham à luz das estrelas. Uma árvore solitária, gigantesca e frondosa, lentamente oscila ao vento, como acenando boas-vindas ou uma despedida.

E então de repente um vulto se move na planície. É uma mulher, que se livra e sai de dentro da terra. Caminha alguns passos, devagar, pesadamente. Para, envolve a si mesma nos braços. Sua cabeça curva-se um pouco.

MULHER DO ANOTADOR DOS ANAIS DA CIDADE:
Quem a sustentará,
quem a abraçará,
senão nós dois
com nossos corpos
a envolver
sua plenitude
vazia?

CENTAURO: Ela olha em volta, contempla longamente a muralha, então desce e é engolida pela terra, na cova vizinha. Ao cabo de um minuto ou dois vislumbro um caderninho sendo jogado com ímpeto de lá, esvoaçando por um instante no ar, se abrindo e fazendo brilhar no escuro suas páginas brancas, e se apagando.

O CAMINHANTE:
Penso nos filhos —
da-terra a meu lado. Penso
em meu filho. A terra
com meu corpo se aqueceu.
Meu coração lhe fala, e sou eu.
Pelo menos nos separamos sem raiva —
eu lhe digo,
e sem ressentimento.
Você nos amava, e era amado
e sabia
que era amado.
As estrelas cintilam
sobre mim. Eu lhe digo, será
que posso fazer um pedido?

Quero aprender a separar
a lembrança
da dor. Ao menos parte dela,
o que puder, para que nem todo o passado
esteja tão impregnado de dor.
Assim também poderei me lembrar mais de você,
você compreende: sem temer que a cada vez
a lembrança me queime.
E digo também — preciso me separar
de você.
Não me entenda mal (sinto
em minha própria carne
a dor pungente que ele sente) — me separar
só até uma distância
para que o peito possa se expandir
numa só
respiração
completa.
E sorrio, ao lembrar que isso foi
o que pediu também o velho professor. E o mar do céu
freme, como um sorriso emerge
lá, lá em cima. Alguém
talvez me entendeu, ou me
sentiu.
Respiro, a totalidade da noite
inspiro. O céu não
me pesa, tampouco
a terra, nem mesmo
eu. E nem
você.

Você —

onde está
você?

MULHER DO ANOTADOR DOS ANAIS DA CIDADE:
Talvez eu não precise mais chegar
ao fim dos
caminhos, à última pousada?
Talvez seja a própria caminhada
a solução e a charada?
Talvez não exista "lá",
minha filha, talvez também já não exista
"você"?
Mas enquanto estou assim prostrada, no ventre
da terra, e minhas mágoas por breve instante
se aliviam, de repente eu sinto
e sei que vida e morte, elas mesmas,
lentamente em mim
se igualam, numa mescla que mais amena
é impossível (ai, como pode sair de minha boca
fala tão terrível?!),
até que como a noite
e o dia, ou como
o inverno e o verão
que em algum dia são iguais, elas
se dissolvem em mim, com sensatez e precisão medida,
que adquiriram, ai meu Deus, ao preço
da tua vida —
Não, não!
amarga e repulsiva
transação,
mas assim mesmo,
deixe-me dizer, senão

eu enlouqueço — agora, pela primeira vez
eu sei não só que gosto tem
a morte,
mas o que é a vida,
e ainda mais que isso
eu vejo —

ANOTADOR DOS ANAIS DA CIDADE:
— como se postam
vida e morte e se defrontam.
Como sussurram
uma à outra.
Como se
tocam, como
se entrelaçam
uma na outra
na raiz de sua nudez.
Como sem pausa elas vertem
e derramam
de uma a outra, de uma
para a outra, como um casal,
como dois
apaixonados,
a seiva
de seu ser.

MULHER DO ANOTADOR DOS ANAIS DA CIDADE:
Estão uma na outra dissolvidas,
e também eu agora,
como um rio
em que se despejou um par
de riachos,

e eu não sabia disso, não assim,
que a vida, em sua essência inteira,
é só
um nome, na linha
da fronteira —
e é como se eu nunca tivesse
existido, e como se nada
do que me aconteceu
jamais tivesse acontecido, até
que você, ou eu,
até que morri, ou
morreu —

OS CAMINHANTES:
Amanheceu. No céu
navegam nuvens finas
e vermelhas.
Subimos das covas devagar, ficamos
nus
ante a muralha.
E de novo nos parece
que ela estremece, um frêmito que passa
e repassa de alto a baixo
e de um extremo ao outro,
como o tremor de uma onda transparente.
E não conseguimos falar, está cortado
nosso alento, um muro
de rocha mas tão cheio
de murmúrio.

PARTEIRA:
Um rosto —

MULHER DO ANOTADOR DOS ANAIS DA CIDADE:
Ali,
na muralha,
nas pedras,
eu vejo
um rosto —

ANOTADOR DOS ANAIS DA CIDADE:
Não, querida,
vê, *bem aqui, aqui*
está o rosto, o corpo
quente
e vivo,
ao passo que lá —
lá o que há
é uma ilusão
que só cria nostalgia.

MULHER DO ANOTADOR DOS ANAIS DA CIDADE:
Um rosto de mulher
jovem,
ou de um homem,
ou de um rapaz —

DUQUE:
E ele
se move
e varia
e vive.

PARTEIRA:
Estou sonhando,

certamente
estou sonhando,
meu Deus, é um rapaz ali? Ou
um menino?
Ou talvez, sim,
uma menina?
Menina, me-ni-na,
olhe por favor
para mim...

SAPATEIRO:
Como que em cera
estampado,
ou como
em couro.

VELHO PROFESSOR DE MATEMÁTICA:
Ou em devaneio,
ou mesmo em sonho, não —
não, eu não
me engano, o
que eu vejo é um rosto
humano.

OS CAMINHANTES:
Um menino, vemos
um rosto de menino, num relance,
indícios de sua testa, seu queixo fino... trememos,
o menino também
estremece. Em ondas,
figuras fragmentadas fluem
nas pedras,
vivificando nelas um relevo

sussurrante
e se movendo —

ANOTADOR DOS ANAIS DA CIDADE:
Ou é só impressão
de um anelante coração
enlouquecendo?

OS CAMINHANTES:
Será somente um leve inchar
na rocha,
ou é o nariz
pequenino
de um menino?
E sua boca,
estará se abrindo, ou se curvou
como em caretas? Ou é fragmento
de rocha entre suas gretas?

Menina? Foi uma menina
que lhe surgiu em cima, e já
não está? E voltará?
O cintilar
de uma menina flutua, recua, como
se se chocasse, a pequenina,
nos portais da realidade
e se assustasse...

E ela ainda se evapora, e a nossos olhos agora
o rosto do menino muda, transformado
no rosto de um rapaz, alongado,
fino e delicado.

*E seu perfil
lentamente
se volta para nós,
com um espanto
que não tem
fim.
E ele nos
encara, seus dois
sobrolhos
são suaves arcos
no muro. Cada um de seus
olhos
é um orifício
escuro.*

ANOTADOR DOS ANAIS DA CIDADE:
Estão enlouquecendo
pouco a pouco. Atenção, amigos,
vejam: é uma muralha!
Blocos de pedra! E os rostos
que seus olhos veem
não passam de efeitos de luz,
meros jogos
de pedras
e sombras —

OS CAMINHANTES:
*Mas são tão cheios
de vida! Neles
perpassam lampejos
de um sorriso, espantos,
tristezas, como se,*

tão carentes,
tão descrentes, estes rostos quisessem
experimentar uma vez mais,
a última,
todas as expressões,
e também provar
dessa maneira
a plenitude do sabor
das emoções
que lhes roubaram.
Em nós os corações
batem: nossas almas
se debatem, suspirando
por sair, de sua prisão
se livrar, passar
deste lugar
para o de lá... Estão tomadas
de loucura: nossas almas
são como garças e cegonhas
engaioladas, enquanto passa
no céu límpido
um bando de aves,
migrando para casa.

ANOTADOR DOS ANAIS DA CIDADE:
Esta é a ânsia, não tenho dúvida, é
esta ânsia que também minha razão
cada vez mais avassala, ouçam-me,
me ouçam — é a ânsia
e só ela que na pedra entalha
vivos nossos amados,
iluminados, sim, lá,

vejam, lá! Nos relevos
da pedra.

OS CAMINHANTES:
E mais do que tudo, as bocas.
Se mexendo, se mexendo sem parar, escancaradas,
se rasgando, distorcidas,
e arredondando... talvez
rezando?
Para quem?
Amaldiçoando?
Quem?

CENTAURO: Com todos os demônios, se eu apenas pudesse estar com eles! Se eu pudesse só estar lá, e não sentado aqui e escrevendo e escrevendo! Eu arremeteria de cabeça e romperia a muralha, eu a atravessaria e correria para dentro, eu —

OS CAMINHANTES:
E os corpos deles também
arremetem, investindo de lá
sobre a muralha: Lutam? Com quem?
Com o quê? Combatem com toda a força
para de novo irromper
para cá?

ANOTADOR DOS ANAIS DA CIDADE:
Ou fazem como um menino
pequeno, que só agora acordou
de seu sono e ainda
confuso e envolto em seu sonho golpeia
o peito da mãe, e se enlaça,

e golpeia, e golpeia
e a abraça...

OS CAMINHANTES:
Vimos um braço, um ombro
fino e magro, um joelho, e outro,
e dois botões
brotaram, se altearam,
seios de garotinha,
apontando. E acima deles o seu rosto,
que devagar se transformou
num rosto sorridente de rapaz, e o par
de seios se fez os rostos
de bebês, menina
e menino... Longas
mãos ali pousaram, dez
finos dedos se espalharam
como grinalda, em volta
do rosto do rapaz.
Seu nariz, assim parece,
se espreme
na escuridão de uma vidraça de janela,
tentando penetrar
com o olhar na espessidão
do escuro.

Está tentando? Será que tenta
nos chamar? Ou prevenir?
Talvez de lá pareçamos
nós também apenas traços
tênues, lutando
para nos livrar do sólido bloco
de rocha —

Medo,
o medo nos assola. Breve tudo
se evapora, agora, correr agora, colar
o rosto na muralha, rompê-la,
de lá puxá-los,
arrancá-los.

Mas congelamos, não
nos movemos! Se falarmos
com eles, pensamos, nós lhes
diremos o que não dissemos
em suas vidas, ou clamaremos
a eles por entre as bordas
do buraco em nós
rasgado, pelo qual
nossa vida se esvai
em grandes golfadas.

CENTAURO: O caminhante cai de repente de joelhos diante da muralha e sussurra o nome de seu filho. Não há som algum em seu sussurro, só uma boca aberta e olhos arregalados, e eu, em meu quarto distante, sinto como uma lâmina afiada voa de lá e me corta aqui em dois, e no desfalecer de uma dor tão doce ouço atrás de mim, de uma pilha de objetos, a voz de um menino dizer baixinho, num suave balbucio —

MENINO:
Tem
alento, tem
alento, dentro
da dor tem
alento.

CENTAURO: Eu me levanto, fico de pé. Caminho pelo quarto para cá e para lá, levanto um ou outro objeto e toco nele, e o acaricio e o levo a meus lábios. Depois volto e fico junto à janela. Com o binóculo que encontro em uma das pilhas posso ver melhor: o balbucio do caminhante parece ter retardado também os que caminhavam atrás dele. Assim como ele, caem de joelhos a parteira e o sapateiro, o velho professor, a cerzidora de redes e o duque, o anotador dos anais da cidade e sua mulher. E cada um deles, cada um de nós, chama, sussurra para seu filho:

OS CAMINHANTES:
Lili —
Adam? Minha
pequena Lili — Michael — ah, meu filho,
meu encanto, minha perda — Chana,
Chana, olhe para cá — perdoe, Michael,
por eu lhe ter
batido — Adam, é seu
pai — U-i — minha migalha
de vida — — —

Despertamos
estendidos sobre
a terra,
e a muralha
já não está lá. Talvez
jamais tenha
existido. Talvez nada
de tudo que vimos
tenha mesmo acontecido.

Foi só uma ideia
estranha, oculta

e comezinha, que
nos ocorreu a todos, como a
costurar cada um de nós
com a mesma linha:
talvez no momento
em que o homem
se pôs de pé
na pequena cozinha
e disse
para a mulher, eu
preciso
ir para lá —
talvez nesse momento
moveu-se
alguma coisa também
lá.
E quando o homem
começou
a andar
em torno de si mesmo
em círculos
em volta de sua casa — também
eles, lá,
começaram
a andar
para cá,
para o lugar
do encontro?

E agora
imaginamos a todos
um pouco encurvados,
se apagando,

*voltando
lentamente
ao seu lugar.*

O CAMINHANTE:
E ele-mesmo
está morto,
eu entendo, quase,
o significado desses
sons: o menino está
morto,
eu reconheço assim
nessas palavras a verdade
sem conforto. Ele está morto.
Ele
está morto. Mas
sua morte

sua morte
não morreu.

CENTAURO:
Mas meu coração se dilacera
em mim, querido meu,
quando penso
que eu —
que isso é possível —
que encontrei
para isso
palavras.

Abril de 2009 — maio de 2011

Notas a esta edição

p. 94: Adam, em hebraico, "ser humano", "gente", corresponde, em português, a Adão, o primeiro ser humano.

p. 98: O verso "*Minha vida, que amava o sol e a lua, parece algo que não aconteceu*" foi extraído do poema "*A clown's smirk in the skull of a baboon*", de e. e. cummings.

p. 115: Importante e intraduzível (e inadaptável) construção: *li*, em hebraico, significa "para mim", e por extensão, "meu/minha". Na pronúncia tartamuda do nome da filha li-li-li-Lili, se está dizendo "pai e mãe meus" e também "minha Lili". O tradutor tentou "compensar" a perda na estrofe seguinte.

p. 117: Verso de *Orfeu. Eurídice. Hermes* ("Wie eine Frucht von Süssigkeit und Dunkel"), de Rainer Maria Rilke, tradução de José Paulo Pacs. São Paulo: Companhia das Letras, 2012.

ESTA OBRA FOI COMPOSTA PELO GRUPO DE CRIAÇÃO EM ELECTRA E
IMPRESSA PELA GRÁFICA BARTIRA EM OFSETE SOBRE PAPEL PÓLEN SOFT
DA SUZANO PAPEL E CELULOSE PARA A EDITORA SCHWARCZ
EM AGOSTO DE 2012

 A marca FSC® é a garantia de que a madeira utilizada na fabricação do papel deste livro provém de florestas que foram gerenciadas de maneira ambientalmente correta, socialmente justa e economicamente viável, além de outras fontes de origem controlada.